作 家 小 书 房

一 切 都 源 自 童 年

# 德吉的种子

唐 明 / 著

作家出版社

图书在版编目（CIP）数据

德吉的种子/唐明 著. -- 北京：作家出版社，2020.6
ISBN 978-7-5212-0855-9

Ⅰ.①德… Ⅱ.①唐… Ⅲ.①短篇小说 - 小说集 - 中国 - 当代 Ⅳ.①I247.7

中国版本图书馆CIP数据核字（2019）第287553号


**德吉的种子**

作　　者：唐　明
策　　划：左　昡
责任编辑：邢宝丹　桑　桑
装帧设计：薛　瑾
插　　图：郭　婧
书名题字：严　忠
出版发行：作家出版社有限公司
社　　址：北京农展馆南里10号　　邮　　编：100125
电话传真：86-10-65067186（发行中心及邮购部）
　　　　　86-10-65004079（总编室）
E-mail:zuojia@zuojia.net.cn
http://www.zuojiachubanshe.com
印　　刷：中煤（北京）印务有限公司
成品尺寸：148×210
字　　数：126千
印　　张：7.625
印　　数：001-10000
版　　次：2020年6月第1版
印　　次：2020年6月第1次印刷
ISBN 978-7-5212-0855-9
定　　价：29.80元

# 目录

# 尼玛文森的画

# 1

仁登师父交代，让大家吃完早饭先把小教室打扫一下，再去把手和脸洗干净。上周到寺院里来写生的画家韦大物先生，今天要来寺院里教小喇嘛们画画。

除了才仁图登，大家都没抓过画笔。但他们格外喜欢有人来寺院，就像平静的湖面总是盼望水鸟或者落叶来荡起一圈圈好看的涟漪。

吃了早饭，六个小喇嘛就很自觉地到洗漱间排队洗手洗脸，九岁的才仁图登和他最好的朋友平措连头也洗了，显得比其他人更清爽些。

只有尼玛文森依然慢得像只打盹的蜗牛，看到大家都挤在洗漱间，他干脆在门外坐下来，等大家洗完了，他才起身进去，在水管底下搓了搓手心。

尼玛文森从来没有画过画。仁登师父教他们写字的时候，他往往是呆坐一整节课，连一个藏文字母也写不出来。

仁登师父常常既无奈又慈爱地叹气："唉，这小可怜，该怎么办呢？"

这时候，才仁图登就会把师父的话再学一遍："唉，这小可怜，该怎么办呢？"然后捏一把尼玛文森的大耳朵，很得意地加上一句，"大耳朵，没有用！"

尼玛文森长着一对醒目的大耳朵，大概是常被才仁图登捏来捏去的缘故，仿佛越来越大了，像两只小手掌竖在脸蛋儿两侧，乍看去，有点儿滑稽。

小喇嘛们教室里的课桌是一个藏式的长条连体矮桌，地上铺着藏毯，他们平时上课都是围桌盘腿坐在毯子上。今天在矮桌那边放了一条长长的矮凳。六个小家伙则挤在靠门的这一溜儿墙边。

画家来了，一个又高又壮的大胡子。

跟着画家进来的还有噶陀活佛和仁登师父，噶陀活佛微笑着坐在了矮凳的正中间。仁登师父说："老师会给每个人发一个画板，还有纸和铅笔，画家要画活佛的像，你们要认真跟着学。"

画家和他们打招呼，发画具。

"阿图，他比你阿爸还要高呀。"平措碰碰身边的才仁图登，小声地说。

"我阿爸比他瘦，好看多了！"阿图笑嘻嘻地用手比画着，好像他比画中的才是好看的。

"这么高这么胖，是个'野牦牛'画家。"挤在最里面的平时话最多的索南坏坏地说，说完还"咯咯"笑起来，大家便跟着笑。

尼玛文森也轻轻笑了一下，没说话。

画家听不懂藏语，仍在挨个儿地发纸笔和画板。小家伙们见自己的话并没有让客人生气，似乎更放肆了些。他们一边嘲笑画家的模样，一边表达着对手里画具的喜欢，比来比去，抢来抢去，乱哄哄的一片。

活佛轻轻笑着摇头。仁登师父便对大家说："安静点儿，安静点儿，要不然菩萨都要被你们惹生气了。"

大家互相做着鬼脸安静下来。


2


画家挤到小家伙们中间，正对着噶陀活佛。他拿着一支铅笔，仔细端详着活佛，而后在白纸上"哗哗哗"地刷了一小会儿，慈眉善目又不失威严的活佛就被搬到那纸上面了。

画家把刚画好的活佛肖像贴到墙上，然后在另一张纸上教小僧人们画画。虽然一点儿也不简单，但大家学得很认真，而且像才仁图登这样聪明的孩子，很快就画得有模有样了。

"阿图，你画得真好！"平措画了擦，擦了画，折腾半天，除了收获一张被他搞得皱巴巴的纸以外，就是满头的细汗。看到才仁图登的画，他羡慕地说。

"我以前跟阿爸的朋友学过一点点儿，可是画不好。"才仁图登话虽谦虚，其实心里万分得意。

"你阿爸真了不起，还有会画画的朋友。"话痨索南也凑上来，羡慕得直瞪眼睛。

才仁图登撇撇嘴，他可不赞同索南的话，对于阿爸，他从来没有觉得了不起，在他眼里阿爸除了被人说过长得俊美，几乎别无长处。

"你怎么不画呢？"画家瞧一眼那张空空的白纸，看着呆坐的尼玛文森。

尼玛文森也看着画家，黑白分明的大眼睛里仿佛空无一物，他不说话，就像平常一样。

画家摸摸他的头，转脸去看仁登师父。

"他就是这样，随他去吧。"仁登师父看了看尼玛文森，无奈地对画家笑笑。

画家挨着尼玛文森坐在藏毯上，拿过尼玛文森的画板，很慢很慢地画起来。他画了一个小喇嘛：光光的头，黑白分明的眼睛，红棕色的袈裟和光溜溜的脚丫子，还有一对大大的耳朵。

尼玛文森看着画家用那些线条和黑白色块，一点儿一点儿画出了自己。他一咧嘴，指着画像说："我！"

"是你！"画家摸着尼玛文森的小脑袋也笑了，"你叫什么名字？"

"尼玛文森。"

"尼玛文森，嗯，是什么意思呢？"

尼玛文森看着仁登师父。

"尼玛就是太阳，文森就是光芒。"仁登师父说。

画家看着这孩子，努力把他和"太阳的光芒"联系在一起。多好的名字啊，他再次摸着尼玛文森的头感叹："啊，阳光！"

噶陀活佛起身离开了小教室。大家看到画家给尼玛文森画的像，都争着也要一张。

画家一边答应着一边对尼玛文森说："加油，你也可以画出来。"

"嗬，尼玛要是能画出画来，我就用十块钱买下它，像唐卡一样贴到墙上去。"索南听到画家的话，头也没抬，一边用铅笔在纸上刷着线，一边轻声地说。

"哈哈哈！"索南说得漫不经心，但旁边的小伙伴们却像是听到一个世界上最好笑的笑话，都"哈哈"地笑起来。

尼玛文森无动于衷，也没有被其他小伙伴的笑声感染，他仍那样专心地欣赏着自己的肖像画。

"那我就出三十块！"小胖子嘎玛巴桑调皮地喊道。

"我出五十。"平措也来凑热闹，就好像真的在竞买世界名画。

"伟大的尼玛文森，还是卖给我吧，我出一百块买你的画！"才仁图登故意说得很夸张。

尼玛文森只是看着画像，抿着嘴浅笑，不理会小伙伴们的嘲笑。跟他最亲厚的多吉也凑上来看尼玛文森的画像，说："啊，尼玛，画得真的是很像你啊！"

画家在寺院里待了一整天，天擦黑了才走。

仁登师父带着大家念了晚经。

小家伙们都上了床，窗外的月光透过窗户照进僧房，照在尼玛文森的脸上，他还在执着地端详着那张白纸上的自己。美丽的月光，也照着同屋的多吉。此时，多吉从自己的小佛龛上取下那七只精致的小铜碗，用一块干净而柔软的棉布擦拭着，这是他每晚睡前都要做的事。

那年，姨妈央吉玛到寺院里找到他的时候，多吉已经五岁了。央吉玛抱着多吉哭了很久，最后把一幅绿度母①的唐卡②和七只铜碗交给他，说："这是你阿爸阿妈留给你的东西。"之后姨妈央吉玛便常来看他，带一些奶酪、酥油③、羊肉，每次还会背来一木桶山里的清水。每天早晨太阳出来之前多吉都会给绿度母供上净水，太阳落山之前倒空，而夜幕深沉的时候，要仔细地擦拭铜碗。


3


东方的天空露出一丝隐约的亮光，噶陀寺在晨光之中显得格外肃穆安详。还有二十分钟，仁登师父就会敲响唤醒大家的钟声。

多吉已经穿衣起床了。

每天早晨，绿度母头戴五佛宝冠，身佩彩色珠宝，着七色天衣和重裙，坐于莲花月轮之上，慈爱地看着多吉。这个在灾

---

① 绿度母：藏传佛教中观世音菩萨的化身。
② 唐卡：藏族文化中一种独具特色的绘画艺术形式。指用彩缎装裱后悬挂供奉的宗教卷轴画。
③ 酥油：和黄油相似的一种乳制品。

难中幸存的孩子，把一颗明亮而善意的心灵盛放在清水里。

多吉跪在唐卡下的方毯上，恭恭敬敬地给绿度母磕了三个头；然后拿起旁边的铜水壶，给七只小碗里倒上姨妈央吉玛从山里背来的清水，嘴里念诵着经文，默默祷祝。

多吉做这一切的时候，尼玛文森一直在看。每天他都会和多吉一起醒来，多吉供佛，他从不打扰，只是静静地看着一切。

"念绿度母心咒了吗？"看到多吉供奉诵念结束，尼玛文森总是要问这一句。而多吉也总是会用同一句话来回答他："念了！"

多吉诵念了一遍心咒，尼玛文森也跟着念诵了一遍。尼玛文森出神地看着那七只盛满清水的碗，突然从床上起身，将僧裙随便地往身上一套，径直来到隔壁的房间。他推开房门，看着正在穿衣的才仁图登，说："阿图，你说话算话吗？"

才仁图登稍愣了一下："什么？"

"真的要买我的画？一百块？"尼玛文森轻轻地说。

同屋的平措和索南都忙着穿衣起床，本来还有些睡意，但一听尼玛文森的话，一下子都清醒了，"哈哈"地笑起来。这个滑稽的笨家伙，一大早就送来笑果子。

那个玩笑已经过去很久了，才仁图登没有想到反应迟钝的尼玛文森这个时候还会想起来。他沉默了一下，马上促狭地笑着说："对啊，我买。你画吗？"

"我画。"尼玛文森说完就走了，倒是才仁图登留在原地有点儿发愣。

尼玛文森回到屋里对同屋的多吉说："我要画一幅画，卖给阿图。得到的钱，买你那样的七只铜碗。"

4

晚饭之后的两个小时，是小喇嘛们一天里面最自由的时间，他们最喜欢到寺院后门外的经幡旁边玩耍，因为村子里的小孩也爱在这里玩。虽然大家很多时候都不愿意带着反应迟钝的尼玛文森玩，但尼玛文森在旁边看着他们游戏，也很满足。可今天，尼玛文森丢下碗筷就去找师父要白纸。仁登师父指指昨天没有用完的白纸，让他自己去拿。尼玛文森拿了一张，便拉着多吉回到屋里，然后安排多吉坐在床沿上，自己则拿着画板，坐到多吉的对面。

尼玛文森把要来的纸夹到画板上，但过了好半天也没有画出一个点或者一条线。

"尼玛，你需要我教你用铅笔吗？"多吉问尼玛文森。

尼玛文森望着多吉，然后说："你教我，这幅画就不是我一个人画的了吧？"

"当然是你自己完成的，我只是教你怎么用笔，并没有帮你画画。"多吉认真地说。

"那你就教我吧。"尼玛文森把手里的铅笔递给多吉。多吉耐心地告诉他用拇指、食指把笔夹住，中指、无名指和小指并拢抵住笔的下端。

铅笔是不听话的，尼玛文森费了很大的劲儿也没有把笔拿稳，多吉很有耐心，一遍一遍地帮助他。

尼玛文森最终还是没有学会用多吉教给他的方法握笔，但他用自己的办法握住了画笔，就像拿起一根树枝，又像握着一截赶牛的鞭子。他准备给多吉画像，他让多吉坐在他面前一动也不要动。可是多吉很不习惯当模特，在尼玛文森看着他的时候，他会害羞地动来动去，手脚不知应该放到哪里，简直像个小姑娘。

多吉坐了一会儿，忍不住探过头去，看到白纸上画了一个线条曲折的扁扁的圆。

"这是你的脸。"尼玛文森指着画纸说。

"好吧，尼玛，你要加油。不过，我可以换个姿势吗？"

"可以。"

多吉又坐了半天，尼玛文森的画纸上还是只有一个扁扁的圆。

尼玛文森记得，在那天来的画家笔下，脸是半个圆。可是自己的纸上却是扁扁的一个整圆，这怎么办呢？重新换一张纸吧！尼玛文森拿着这张废纸去找仁登师父，想要换一张新纸。

仁登师父接过那张纸，看了看那个涂改得面目全非的扁圆，轻轻地笑了。他问尼玛文森："这是你画上去的？"

尼玛文森点点头，说："我还要一张纸。"

"你看，这一面是干净的，还可以用。"仁登师父把手里的纸翻一个面，递给尼玛文森。

尼玛文森看了看，拿回那张纸，又跑回房间。仁登师父跟过来，送给他一块橡皮。

多吉开始时还坐得端正，但没过一会儿，身体便斜靠在被子上了，后来身体越来越歪斜，最后，居然躺平睡着了。看着睡熟的多吉，尼玛文森觉得这样子也挺好，可是躺着的人怎么画呢？

尼玛文森看着他那安静的模特，半天也画不出一笔。

尼玛文森只得丢下画笔，爬上床，很快也睡着了。

一连两天，无论中午还是晚上，只要有一点点儿空，尼玛文森都在认真地画画，可依旧没什么进展。他已经丢弃了好几张画坏的纸，但每张白纸上都只有一些黑乎乎的扁圆而已。

尼玛文森一有空就藏在屋子里专心作画的事，很快小伙伴们就都知道了。

小胖墩儿嘎玛巴桑是第一个来察探的，他用胖乎乎的小手悄悄地把尼玛文森的屋门推开一条缝，眯着一只小眼睛去看尼玛文森在纸上的涂抹。回去后，他对大家说："他哪里是在画画，他只不过是用铅笔和橡皮手忙脚乱地在纸上涂黑坨坨。"

"真的吗？我去看看。"平措说着也朝尼玛文森的房间走去。平措轻轻地推开了门，大大方方地走进去，对尼玛文森说："小可怜，你画得怎么样了？"

尼玛文森没有说话，也没有回头。

平措从尼玛文森屋里出来后，表情严肃地对大家说："伟大的画家尼玛文森真的在作画，"但他接着就变了一个脸，大笑着说，"只不过，他画了一坨黑牛屎。"

大家被平措的话惹得笑成一团，然后争先恐后地去看尼玛文森的"黑牛屎"。

接下来的几天，平措、索南和小胖墩儿嘎玛巴桑轮流着到尼玛文森的屋子里来过几次，每次看到那一坨坨被丢弃的"黑牛屎"，都会心满意足地离开。

而他们每次离开不久，才仁图登就会来一趟，然后也满意地离开。走的时候，他还要捏捏尼玛文森的大耳朵，说："了不起的艺术家尼玛文森，我的画呢？加油吧！"

尼玛文森不理他们，仍然在努力地画着"画"。

看着尼玛文森那气定神闲又胸有成竹的样子，才仁图登暗自嘀咕："难道这个小傻瓜真能画出一幅画来？"

<h2 style="text-align:center">5</h2>

这天，村子里有人去世，噶陀活佛被请去念经。多吉和才仁图登也跟着去了。尼玛文森没有了模特，一下子不知道该怎么办。

吃过晚饭，尼玛文森没有像前几天那样赶快回到自己的房间里画画，更没有跟小伙伴们去玩耍，而是穿过华丽的大经堂，来到一个小平台上。

小平台上铺着羊毛织成的藏毯，一张雕花的方形矮桌两边放着两个薄薄的坐垫，那是仁登师父和噶陀活佛平常在这里喝茶时用的坐垫。他们喝茶的时候，噶陀活佛总是让尼玛文森在一旁陪侍。

尼玛文森脱了轻便的僧鞋站在小平台上，从这里，可以看到寺院对面的村子、村子后面的戈壁滩、戈壁滩后面的远山和远山后面高而辽阔的天空。

尼玛文森理了理绛红色的僧袍，盘腿坐在藏毯上。村子里一排排整齐的房子在落日的余晖中显得金碧辉煌，村头上有袅袅的青烟绵绵不断地轻轻飘游，那是村里办丧事的人家在煨桑①；戈壁滩很宽，上面长着一丛丛骆驼刺，好像一只只弓着背正准备起跳的兔子；山很远，雪线很高，只有最高处还积着白雪；太阳刚刚躲到雪山身后，霞光绚烂，像层层的彩色锦缎铺满天空。

山映着天，天衬着山。直到最后一抹霞光消失之后，尼玛文森丝毫没有感觉到那些景致在暮色中变得模糊，反倒越来越清晰似的。这时，他听到一个脚步声，回头一看——是噶陀活佛念完经从村子里回来了。

每次看到这个孩子，噶陀活佛的眼前就会浮现六年前那个春天的清晨，仿佛又看到在那次突如其来的灾难过后这个孩子在废墟中哭泣的情景。那是玉树人永远也不会忘记的一个日子，数千人在大地震中失去生命，但，这个幸存的孩子却在噶陀活佛踩过遍地狼藉时，满身尘土地爬过母亲的尸

---

① 煨桑：用松柏枝焚起烟雾。是藏族的一种祭礼。

体，紧紧抓住了他的僧袍。从那一刻起，噶陀活佛就把他当作是天赐的宝贝，当时噶陀活佛抬头看到太阳正从东方升起，明亮的光照在废墟之上，于是他给怀里的婴孩起名叫作"尼玛文森"——太阳的光芒。

那次，噶陀活佛从震后的玉树一共带回来六个孤儿，后来分送到各个寺院，只留下了看上去笨笨的尼玛文森和灵透的多吉。

噶陀活佛示意尼玛文森不必起身，依旧坐好，他自己则轻轻地坐在他平时坐的那块垫子上。

"听说你在画画？"噶陀活佛问他。

"嗯。"

"画成了吗？"

"没有。"

"如果很难，可以不画。"

"我可以画好。"

"那就再继续努力。佛祖保佑你。"

"嗯。"

那晚，尼玛文森决定不画多吉了，他要画黄昏时分的远山和村庄。

他又到仁登师父那里要了一张白纸。

用了一条起伏的粗线，尼玛文森画出了山的轮廓，那正是他黄昏时见到的远山的样子。这让他心潮难平。多吉在一旁也说："尼玛，佛祖在保佑你呢！"

6

才仁图登不相信尼玛文森能画画，那个连铅笔都不会拿的傻瓜尼玛文森，怎么可能画出一幅画来？一百块钱买他的画，那真的就是一个玩笑。

可是没有想到这个家伙把玩笑当真，而且还来问自己是不是真的要买他的画。当然，确认了又怎样，他画不出画来的。尤其是多次去侦察过尼玛文森的画作之后，才仁图登就更可以确定了，那笨笨的小可怜画不出画来，所以不必担心。

但是，从今天开始，才仁图登有些不安了。他中午的时候发现尼玛文森在放弃了画人像之后，居然画出了山的样子——他或许真的可以画出远山和村庄。

想到尼玛文森会画出一座美丽的雪山和迷人的村庄，才仁图登的心有点儿乱了。

那傻瓜把玩笑当真，那么自己就不能装傻或者耍赖。

只是，怎么买呢？才仁图登口袋里一分钱也没有。与尼玛文森和多吉相比，他算是幸运的，至少还有父亲，但这个"有"与"无"几乎也没有什么差别。自从四年前被父亲送到噶陀寺，那个被称为巴塘草原上最英俊的康巴男人只来看过他两次，也从来没有给予过他钱财之类的东西。

晚上，才仁图登带着同屋的平措和索南一起来到尼玛文森的房间。他们在尼玛文森的画板前站了半天，看他画山。然后，才仁图登一声不响地离开了这个房间，而且那一晚上都很沉默。

"平措，你有钱吗？"索南悄悄地把平措拉到一边。

"钱？我哪里会有钱！"平措说，"问这个做什么？"

"我、我看阿图这一百块很难凑够的。"索南悄声说。

平措看了看躺在床上一声不响的才仁图登，一时也不知怎么回应身边的索南，半天才说："是很难。"

"你们别担心，我会挣到一百块的。"才仁图登对正为他担忧的伙伴们说。

第二天午饭后，整个寺院里安静极了。噶陀活佛、仁登师父和小家伙们都在午休。才仁图登在床上翻了几个身之后，悄悄溜出了寺院。

寺院后门外是许多高高的经幡杆，上面挂着五彩的经幡，此时没风，只有明亮的太阳照耀着那些写满了经文、层层叠叠整齐排列的经幡，它们静静低垂，像三棵巨大的菩提树上垂挂着的彩色叶子。才仁图登沿着经幡杆行走，他心里在盘算着要怎样去挣到一百块。但围着经幡转了两圈，他却一点儿思路也没有。他站在经幡下，看到马路对面的村子，这是青海玉树曲麻莱县迁移到这里的藏族村子。一排排政府统一修建的平房整齐地静立在太阳底下，有几个不爱睡午觉的小孩子在巷子里跑来跑去。他们穿着传统的袍子，有些肮脏笨重，但脸上的笑容却很明亮。才仁图登穿过马路，走向村子，因为他看到村子西入口的地方有一个收废品的平板车。

才仁图登把滑落的袍子往肩上搭了搭，走到平板车前，看到一个人躺在平板车上睡着了，一顶巨大的草帽把他的头和脸严严实实地盖住了。

收废品的人曾经到寺院里来过，虽然他把自己藏在大帽子下面，但才仁图登还是可以认出他的车子和他脚上那双笨拙的鞋。

才仁图登想把大帽子底下的人叫醒。但他又犹豫了一下，立在一旁静静地等待那人醒来。

似乎并没有过太久，那人醒来。才仁图登便转身跑到不远处捡起刚才来时看到的两个饮料瓶子。

"这个卖多少钱？"才仁图登把瓶子拿到"大帽子"面前。

"这……这大概是我刚才路过那里时掉的，嗯，是我的。"
"大帽子"看了看才仁图登，从他手里拿过瓶子。才仁图登本想争辩，但看到大帽子下面那张有些不耐烦的脸，便打消了念头。他说："那你等等我。"说完转身回了寺院，他想起自己床下有吃完了苹果和其他食物留下的纸箱子。

才仁图登满头大汗地把一沓纸壳交给"大帽子"，"大帽子"没有称量，随手掏出一元纸币给了才仁图登。

才仁图登接过钱，并没有去计较这是不是一项公平的交易。他只是紧紧握着这一元钱，像是握着一颗种子，他仿佛感觉到这颗种子不久就会在自己的手心里发芽并生长起来，从一元变成十元、三十元、五十元、一百元。

才仁图登捏着这粒珍贵的"种子"回到寺里，仁登师父正召集大家上课。

7

第二天中午，才仁图登依然在大家午休的时候悄悄出了寺院，到村子里闲逛。村委会旁边的民族旅游商店大门敞开着，服务员却在柜台里面打瞌睡。

才仁图登从小广场到商店，再沿着医务室走到那间私人的藏装裁缝店，走了一大圈，并没有发现或者想到什么挣钱的好法子。他把手伸进裂袋里的小口袋，摸着昨天中午卖纸箱子得到的那一元钱，心里有些沮丧。

"叮当，叮叮当当，叮当……"这声音突然从远处传来。

从哪里来的声音？是什么声音呢？才仁图登努力地探着头去寻找，还屏住呼吸细细地去听。

不错，声音是从村子的西北角传来的。一定是老石刻艺人格桑爷爷用他那把被磨得光溜溜的小手锤敲着短錾子在刻玛尼石。格桑爷爷七十多岁了，是村子里唯一的石刻艺人，前几年村子里办了一个玛尼石刻厂，他还任过副厂长，但石刻厂只办了一年就散了，因为打不开销路，而且村子里也没有年轻人愿意整天和石头打交道，光是那錾子敲击着石头的噪音他们就够烦了。只有格桑爷爷不论办不办厂，都还是不停地在那些大大小小、形状各异的石头上刻着六字真言或者佛像，仿佛一天也没有停过。

啊，玛尼石！刚才在商店里看到过的，那是出售给到村子里来旅游的外地人的。

才仁图登心情激动起来。

才仁图登很快就走到了老格桑家门外，他轻轻地推开院门进去。院子里到处堆放着刻好和未刻的石头，大大小小的鹅卵石和形状各异的花岗岩像一个个形态各异的精灵，在并不宽敞的院子里自由自在地玩耍着。

才仁图登再向里走，敲开了格桑爷爷的屋门。

格桑老人看到才仁图登，停下了手里的工作，他正在一颗鸽子般大小的鹅卵石上刻六字真言的最后一个字"吽"①。

"格桑爷爷，您刻的玛尼石真好看。"才仁图登在格桑爷爷对面的小凳子上坐下来。

"小阿卡②，你今天怎么会到我这里来啊？有事吗？"格桑爷爷放下手里的小锤子和短錾子，故意低着头，用从老花镜框上面探出来的目光打量了一下眼前的小客人，然后转身从身后的小桌上端起奶茶喝了一口。

"我没有什么事。"才仁图登说。

"那你要喝杯茶吗？"格桑爷爷又问。

"谢谢格桑爷爷，我不喝茶。"才仁图登抚摩着那些刻着六字真言的玛尼石，说，"格桑爷爷，您能教我刻玛尼石吗？"

"哦？你为什么要学刻玛尼石呢？村子里的年轻人，没有人愿意学这个。"格桑爷爷说得有些落寞。

---

① 吽（hōng），佛教六字真言"唵（ōng）嘛（ma）呢（nī）叭（bēi）咪（mēi）吽（hōng）"的最后一个字。
② 阿卡：藏语，是青海人对藏传佛教僧人的一种尊称。

"玛尼石可以卖钱的，我在村子的商店里看到有卖的了，那些到村子里游玩的外地人有时会买走它的。"

"小阿卡，回去好好地念经吧！刻玛尼石可不是为了赚钱！"格桑爷爷显然是生气了。

"格桑爷爷，您别生气。"才仁图登想解释来着，可格桑爷爷把他往外面赶。才仁图登急得眼泪都快要掉下来了。他退到门口，停下，可怜巴巴地说："格桑爷爷，您相信我。我要买小师弟尼玛文森的一幅画，所以需要一些钱，我很发愁啊！"

格桑爷爷不理才仁图登。

"格桑爷爷，我以三宝的名义起誓，我真的不是贪财，我真的是为了买尼玛文森的画，仁登师父都知道的。"

"买画？买尼玛文森的画？为什么要买他的画？他会画画吗？需要多少钱？"格桑爷爷一连串问了好几个问题。

才仁图登把那天在画画课上的玩笑说给格桑爷爷听。格桑爷爷听了以后，沉默了一小会儿，说："小阿卡，如果是这样，那你必须得挣钱去买尼玛文森的画。"

才仁图登重重地点点头。

格桑爷爷说完话，半天也没理才仁图登，又拾起手边的锤子和錾子"叮叮当当"地刻起石头来。

才仁图登也不敢再说话，在门口站着。

又过了一会儿，格桑爷爷终于把"吽"字刻好，一块刻有六字真言的玛尼石完工了。他站起身来，把皮围裙上的碎石屑抖掉，再把刻好的玛尼石轻轻地放置在身后的矮木架子上，这才回头看着才仁图登，然后向他招招手让他过去。

"刻玛尼石，不是一天两天的工夫，而且你的小手也受不了这个苦啊，锤子啊、錾子啊、凿子啊的会让你手上起很多血泡，划出很多伤口，钻心地疼，那个苦，你还是不要吃了吧！"

"格桑爷爷，我不怕手疼！"才仁图登有点儿着急。

格桑爷爷不紧不慢地提起炉子上的茶壶给自己的杯子里倒满茶，用目光在屋子里扫了几圈，然后说："或许你可以帮我做一个工作，我可以付给你一点儿报酬，但是不太多啊。"

"做什么？爷爷，您快说，我什么都愿意做的！"

"帮我给刻好的玛尼石涂上颜色。"格桑爷爷说。

"太好了！我可以！"

"小阿卡，这项工作看上去难度不大，但是需要你认真，不能出错。而且还需要你诚心诚意地做，你知道的，刻玛尼石是一种修行。"

"我会认真地做！"才仁图登太开心了。

"那么，你做完寺院的功课，有空就来吧。你知道的，每块石头上都刻着六字真言。六个字，需要六种颜色，你每涂一个字，给你一毛钱，一块玛尼石你可以得到六毛钱，你看这个价格你还满意吗？"格桑爷爷像是在和一个真正的生意人谈生意。

"好的，我满意，我太满意了！格桑爷爷，中午午休的时候我就来，晚饭后的时间更多一点儿，我也会来。"

回去的路上，才仁图登的脚步轻快，心里像是开了一朵花，那么美。从明天开始，他就有了一份工作，可以挣钱。涂上一块玛尼石，就可以挣到六毛钱，每天午休的时间大概可以涂两块石头，晚饭后还可以涂四块，一天可涂六块玛尼石，可以挣到三块六！坚持十天，就可以挣到三十六元！天啊，这真是一个很棒的工作啊！谢谢佛祖！谢谢格桑爷爷！

## 8

第二天中午，吃过午饭，才仁图登跟仁登师父说自己找到了一项新工作——到格桑爷爷那里去给玛尼石涂颜色。仁登师父温和地摸摸阿图的头，只说："你去吧！"

到了格桑爷爷家，他早就把六种色粉准备好了。除了颜料，他还为才仁图登准备了一条羊皮围裙。

"我先教你调色。"老格桑在矮凳上坐好，不紧不慢地说，"你看，这是白粉，现在加一点点儿温水，用刷笔把它们调匀。"

"嗯。"

"我先帮你调白色，就像这样，后面的你就要自己做了!"格桑爷爷声音很轻，这让才仁图登心里觉得又紧张又温暖。

"好的，爷爷。"

"颜色调好了。"格桑爷爷放下刚才调色的刷笔，又换了一支小一点儿的笔，"上颜色这活儿呢，看上去很容易，但也不那么容易，用力要均匀，要细致。"

"我会仔细的。"才仁图登说。

"好吧，现在你来。"格桑爷爷做着示范，把"唵"字涂完，就把工作交给才仁图登，"六个字对应着六种颜色，要仔细，不能搞错!"格桑爷爷一边给才仁图登系围裙一边轻声地叮嘱他。

"嗯!"才仁图登诚恳地答应着。

"唵，是白色；嘛，是绿色；呢，是黄色；叭，是蓝色；咪，是红色；吽，是黑色。"格桑爷爷耐心地跟才仁图登说。

"格桑爷爷，六字真言为什么要依次对应这六种颜色?"才仁图登忍不住问。

"这你应该回去问你的师父啊!"格桑爷爷并没有直接回答才仁图登,而是慈祥地笑着说。

才仁图登便不再多问,而是学着格桑爷爷的样子,坐在矮凳子上,照着格桑爷爷教的方法调色,然后给这些充满了灵性的文字填上美丽的色彩。

正如格桑爷爷所说,这项工作看起来很容易,似乎没有什么技术含量,但实际操作起来,还是有一些困难。第一步是需要学会调色,对于这一点,才仁图登还是有一点点儿经验的,因为他曾经跟着父亲的朋友学过一点儿唐卡绘制的方法,那时候父亲还差一点儿把他放在一个做唐卡的师父家里做学徒呢。涂玛尼石的颜料与绘唐卡所用的颜料差不多,都是从矿物中提取的色彩,鲜亮明丽,而且保存的时间特别持久。

但往字上涂色的时候,手的用力要均匀,而且要灵活,一不注意,就会把颜色涂到字外,不能再改。严重的话,整块石头就废掉了,那样格桑爷爷好不容易刻成的玛尼石也就作废了。所以,握着石头,才仁图登心里很是紧张,因为紧张,就不那么灵活,额头上还渗出细细的汗。

"阿图,放轻松吧,你会做好的。"格桑爷爷鼓励着才仁图登。

才仁图登轻轻地笑了,舒展了一下肩膀。

工作干得还算顺利，这个中午，才仁图登涂完了一块玛尼石，他十分兴奋，那块原本很平淡的玛尼石，在那些神奇的字被才仁图登赋予了属于它们的颜色之后，像是得到了一对彩色的翅膀，充满了灵气。

格桑爷爷拿起这块被才仁图登涂了颜色的玛尼石，笑着说："阿图，这块玛尼石就送给你，带回去放到经幡下的玛尼堆上吧，佛祖会保佑你的！"

才仁图登捧着玛尼石，把它放到经幡下的玛尼堆上，念了祈福经。回到寺院的时候，小伙伴们已经在教室里端坐，仁登师父也坐好了。才仁图登本想问问师父为什么六字真言有六种颜色，但仁登师父示意他坐到自己的位置上。他只好坐好，认认真真地开始上算术课。

9

村子里的大美人拉姆姐姐来到寺院门口接才仁图登，仁登师父也跟着才仁图登出来，嘱咐才仁图登一定要听拉姆姐姐的话，认真工作。

拉姆姐姐甜甜地笑着说："仁登师父，您就放心吧，我会把您的宝贝小阿卡平安带去再平安带回来的。"

"佛祖会保佑你们的!"仁登师父手里拨着洁白的砗磲佛珠说。

拉姆姐姐跟仁登师父告别,然后对身边的才仁图登说:"我们去的时候要坐公交车,不过回来的时候估计天都黑了,不一定能赶上公交车,如果赶不上公交车,要走回来。阿图,你行吗?"

"行!"才仁图登果断地回答。

拉姆姐姐要带着才仁图登去六公里外的郭勒木德摘枸杞。

每年的八九月,是枸杞成熟的季节,这里周边的几个乡镇都种有大面积的红枸杞。采收的时候,种植者需要临时雇用大量的采摘人员,因为如果不及时采摘,枸杞就会烂在地里,而且还会影响第二、第三茬枸杞的成长,最终影响全年收成。才仁图登偶然之间听说拉姆姐姐最近都在帮人摘枸杞,所以,也在星期天向仁登师父请了假,要去摘一天枸杞,希望早点儿挣够买画的钱。

仁登师父犹豫了很久,还和噶陀活佛商量了一下,才决定让才仁图登跟着拉姆姐姐去当一天采摘工人。

才仁图登带着水壶和油饼跟着拉姆姐姐出发了。

成熟的红枸杞长满了田野,一颗颗红玛瑙般的果子挂满了枝头。绿的叶子,红的果子,一大片连着一大片,看上去又美又喜人。

地里早已经有很多人开始工作了。才仁图登跟着拉姆姐姐也开始采摘。这个工作难度不大，只有两个要求，一是不能损坏枸杞枝，二是不能把太多叶子连带着果子摘下来。别看只有这两项简单的要求，对于从未做过这项工作的阿图来说，也不容易，一不小心就会把枸杞枝扯断，而且速度一旦稍快就连带着叶子揪下来。拉姆姐姐耐心地教了他半天，他才终于掌握要领，但还是慢。

因为慢，所以，不能停下。

在才仁图登旁边忙着摘枸杞的是一个五十多岁的汉族奶奶，她看到才仁图登穿着僧袍，跟他开玩笑说："哎呀，连小阿卡也来摘枸杞，怎么，是师父不给饭吃吗？"

才仁图登一下子羞红了脸，连忙用不太熟练的汉语说："不是不是不是。"

太阳的芒刺刺穿顶在头上的僧袍，才仁图登感觉这毒辣的太阳光不仅像刺，而且还像个马达强劲的抽水机，把身体里的水分一点点儿地抽干，让嗓子干得像开裂的土地。才仁图登感觉口渴极了，多么想喝一碗温乎乎的、香喷喷的酥油茶！可是，他想着，不能停啊，一刻不停地摘尚且还没有别人快，要停下来，那这太阳不是白晒了吗？干渴不是白挨了吗？

བདེ་སྐྱིད་ཀྱི་ས་བོན།

"哎呀，阿图，你的鼻涕拖出老长了!"拉姆姐姐在旁边喊。

才仁图登使了一下劲儿，把鼻涕吸进鼻孔，手仍然没有停下。

过秤的时候，太阳已经落山了。才仁图登有点儿紧张，辛苦了一天，不知能挣多少钱呢。刚才前面过秤的那个工人一共摘了八十一斤。自己的比他少，那也应该有五十斤吧，能算是一笔很好的收入。

过秤的人称量了才仁图登的篮子。才仁图登摘了三十九斤枸杞，每斤一元二角，可以领到四十六元八角。虽然比自己预计的少了一些，但才仁图登心里还是很激动。过秤的人给了他一个整数，四十七元。佛祖保佑，买画需要的钱差不多有一半挣到手了。

才仁图登把钱小心地装到袈裟内侧的一个小口袋里，这才腾出手来揩鼻涕。甩掉鼻涕之后，他一下子感觉整个人都清爽起来。他一边走一边念经，感恩着这收获多多的一天，感谢这片枸杞地，感谢拉姆姐姐带他一起来，感谢师父同意给他一天假，感谢一切，包括陪自己一起摘了一天枸杞的那条多次流出来又被多次吸进鼻孔的鼻涕，此时把它果断甩掉，还真是有点儿无情无义的感觉呢。才仁图登用手摸摸那四十七元"巨款"，轻轻地笑了。

尼玛文森的画终于画完了。

多吉帮他把画贴到绿度母唐卡的下方。两个小伙伴站在离画一米远的地方，相视一笑，然后盘腿坐下，仔细地端详着这一幅来之不易的画。

以专业的眼光来看，尼玛文森的画真的很一般呢。

村庄在画中显得并不怎么整齐，因为，那些比例并不准确，那些线条也不干净利落，但这些房子坐落在一片辽远而安静的戈壁滩上，显得有些孤寂，还有一些倔强和骄傲，虽然远离城市，但保留着自己的个性。

灰褐色的远山和湛蓝的天空连在一起，分隔它们的是山尖洁白的积雪，像云朵，像哈达，像一条流淌在天边的清澈河流。

"尼玛，你画得真好。"多吉由衷地赞叹道。

尼玛文森没有说话，只是笑。

"尼玛，明天你就要把它给阿图了，听说阿图已经准备好一百块了！"多吉幽幽地说。

尼玛文森还是只笑，不说话。

## 11

"不卖。"尼玛文森推开才仁图登那只握着一把零零散散的钞票的手。

"我的钱够，一百块，你数！"才仁图登把手里那一把零散的钞票举到尼玛文森的眼前，晃动着，对尼玛文森说。

"不卖。"尼玛文森只说了这两个字，把拿画的手背在身后。

"你不能这样！"才仁图登有些气恼，他企图去拉尼玛文森那背在身后的手，想把他手里的画夺过来。但平常笨拙的尼玛文森此时却像条滑溜的泥鳅，转身跑走了。

才仁图登攥着钱，一路追来，直追到仁登师父的屋子。

尼玛文森躲在仁登师父的身后，只露出小半个身子。

"仁登师父，我要买尼玛的画，我挣够了钱，可是他现在不卖了。"才仁图登怒气冲冲地拉着仁登师父讲理。

仁登师父把尼玛文森拉到前面来，看着这两个小喇嘛。

"阿图，你挣钱是不是很辛苦？"仁登师父又问。

"很辛苦。"师父问起这个的时候才仁图登简直想流泪。他想起那些玛尼石上六字真言五彩的颜色，想到用床下的旧纸壳跟收废品的人换来的一元皱巴巴的纸币，想着枸杞地里那毒辣的太阳，鼻子酸酸的。

"尼玛，你画画的时候是不是很辛苦?"

尼玛文森摇摇头。

"你为什么不卖了呢?"仁登师父问。

尼玛文森只是瞪着眼睛，不说话。

仁登师父认真地看着尼玛文森，似乎要从他的表情里读懂答案。过了好一会儿，才对才仁图登说:"阿图，那就不交换吧，你看，尼玛这小家伙总是这样让人捉摸不透。"仁登师父一副无奈的样子。

才仁图登听仁登师父这样说，有些着急，不过仁登师父轻轻地摸摸他的头，又说:"阿图，你再想想。"

才仁图登愣了一下。他转身出门，坐在仁登师父门外的台阶上，他决定跟自己谈谈。

"或许，这一百块钱，还可以买更重要的东西。"

"或许可以。但是，我从来没有想过要买尼玛的画以外的东西。"

"那本来就只是一个玩笑。"

"他和我，都没有当它是个玩笑。"

"你看，是尼玛文森反悔的。"

"是的。可怜的小家伙尼玛文森，他做事是不讲常理的，就像仁登师父说的那样，真让人捉摸不透啊！唉，只好这样了，他想怎样就怎样吧！"

就这样，尼玛文森留下了自己的画，并且接下来画了更多的画。而才仁图登也总是在有空的时候去帮格桑爷爷画玛尼石，但他却没有再要过酬劳。

那个玩笑，便就是一个真正的玩笑，没有作数，就像千千万万个没有被当真的玩笑一样，消失在空气中。

# 你这个小傻瓜

# 1

"羊圈里闯进来一头'黑牦牛'!"

这是向秀老师看到桑周罗布的座位上坐着一个陌生男人的第一感觉。

等等!

桑周罗布干什么去了?

"黑牦牛"把下巴缩在粗羊皮藏袍领子里,露出一颗长满乱草的大脑袋。当向秀老师向他走过来的时候,他才抬起头来,大鼻子下面那两撇浓黑的八字胡让他显得更加粗犷彪悍。这个男人为什么要坐在这里?桑周罗布到哪里去了?

向秀老师犹疑一下之后,向他走去。那男子有些不自在地扭了扭身子,但依然坐着。

同学们有的已经开始发笑了,有的开始交头接耳地议论开了。

"他是桑周罗布的阿爸。"快嘴的才郎太还没等向老师发问，就说出了这个男人的身份。

"您怎么坐在这里，桑周罗布去哪儿了？"向秀老师问那男人。

"学不上，儿子桑周罗布，我的，傻瓜。"那男人的汉语说得差劲极了，所有的语序全都是错乱的，向秀老师根本弄不清楚他要说什么。

"您说什么？您是桑周罗布的阿爸吗？他做什么去了？您为什么在这里呢？"向秀老师一连串发问。但是很明显，那头粗壮的"黑牦牛"理解稍为复杂一些的汉语也是很吃力的，但向秀那一脸的迟疑，他是理解的。他好像也很想说明原因，急着吐出一串藏语和汉语的混合体，向秀老师听了个七荤八素。她向身边的孩子们求助，自然还是快嘴才郎太来当了翻译。

"桑周罗布要退学。"才郎太说。

"退学！为什么？"

"小翻译"才郎太却沉默不语。

桑周罗布为什么要退学？他那么可爱，而且他几乎是这个班里最好学的孩子，上次活动课上，老师让大家谈理想，桑周罗布说他长大了要当医生。可是，他不上学了，以后怎么当医生？

哦，他阿爸不就在这儿吗？问问他吧！

"才郎太，请你帮我问一下桑周罗布的阿爸，他为什么要退学？"

"老师，桑周罗布的阿爸刚才说过了，说桑周罗布不来上学是因为，是因为……"才郎太说得吞吞吐吐的，让人着急。

"因为什么呢？"向秀老师急着问。

"因为，因为您！"

"我？我怎么啦？"这个理由明显不在向秀老师的料想之中，她在这一分钟内就迅速地想过桑周罗布退学的理由，可怎么也没有和自己联系起来，想八遍，也不会跟自己有关吧！

"昨天下午，您说桑周罗布是'傻瓜'，他很伤心，所以，他不上学了。"才郎太回答。

"这！我！这怎么可能？我没……"向秀老师有些错乱，她完全不知该说些什么了。

2

民族小学，坐落在这个高原小城南郊长江源藏族生态移民村里，和村委的那幢朴素的二层小楼隔着一条小马路和一个小广场。为了天更蓝、草更绿、水更清，政府于2006年建立了这个生态移民村，最早的时候有一百二十八户牧民搬迁到这里，十年过去了，现在这个村子里已经有一百八十九户移民，还在学校北边修建了新楼房。民族小学最开始的时候只有四个班，五十二个人，现在，却已经有十一个班，二百多名学生了。这些学生主要是由本村和另一个藏族生态移民村的藏族孩子构成。

一、二年级每天下午只有两节课。

二年级（1）班星期四下午第二节课是活动课，多数时候小朋友们都在大操场上玩。可是这天刮大风，校园里所有的小树都被吹得东倒西歪，风卷起尘土和小沙粒直往人脸上扑，小孩子们便都躲在教室里不出门，有那么两三个在安静地写作业或者看书，其余的孩子都在打闹或者玩游戏。

向秀老师的办公室正好就在二年级（1）班的隔壁。她教这个班的汉语，听到小朋友们在教室里疯玩，她想，何不把这节活动课用上呢？小家伙们的汉语真的是差啊，口语还稍好点儿，写起来，简直错漏百出。上午的听写任务正好没有完成，现在补上吧。

向秀老师走进教室，说要给大家听写词语，大家尽管有些不太情愿，但还是乖乖地坐回了自己的座位，拿出本子和笔。

向秀老师是新分到这里来的实习老师。村子里的大多数孩子对上学这件事常常不如对放羊骑马那样热衷，别看他们的家从草原上迁到这个村子快十年了，而且差不多有一多半人都是在村子里出生的，但心里眼里骨子里还是不能放下那世代相依相伴的雪山、草原、黑帐篷和洁白的羊群。

对于这一点，向秀老师在来学校的第一天就从其他老师的话里听出来了，但她还是有一些不一样的看法。孩子们已经不是牧民了，要通过学习这条路走到更远的地方去，做更精彩的事，所以，还是要和汉族的孩子一样，把学习放在第一位。因为有这个想法，所以，她自己教得特别认真，对孩子们要求得也更严格，她希望所有的孩子都把汉语学好，将来可以考上更好的中学和大学。

估计是大家对于向老师占用活动课不太满意，也许是真没有做听写的准备，结果连平时听写正确率最高的桑周罗布也错了九个。

说了吗？说桑周罗布是"傻瓜"了吗？向秀老师得想想。

词语听写后，看到桑周罗布居然错了九个，向秀老师的火气立即冒起来，就指着他的本子，皱着眉头，声音比平时高出八度："哎呀！桑周罗布，你怎么搞的？居然错了这么多！你看看这个'草莓'的'莓'，明明有个草字头，你居然能写成'每天'的'每'！还有这个'抓住'的'抓'，右边明明是个'爪子'的'爪'，你非要写成'傻瓜'的'瓜'！我看啊，你就是个小傻瓜！回家去把每个词语抄写十遍吧……"

哎呀，真的说"傻瓜"了！不仅说了，当时还用食指在桑周罗布那黝黑的大脑门上戳了两下呢！向秀老师想到这里，脸更热了。

可是，那不就是顺嘴的话嘛。

退学的事，向秀老师听其他班老师说过，似乎也是常发生的。比如哪个娃娃要去学画唐卡啊，比如哪个娃娃要去寺院里当小阿卡啊，再比如哪个娃娃暑假回草原开学赖着不愿再回来啦。可是桑周罗布今天退学的理由，有点儿让人气闷，向秀老师想不通。

3

"黑牦牛"在向秀老师惊愕的当儿，站起身来。

他站起来，简直要比向秀老师高出两个头。向秀老师为了看他时不至于把头仰得太高，不由得后退了三步。

"老师，您真的骂过桑周是'傻瓜'吗?"桑周罗布的阿爸这句汉语语序都对，但声调却是乱的，听起来怪腔怪调，让人想笑。

向秀老师可笑不出来，要是平常，她可能马上就要先纠正他的发音和声调了，但现在，她可没有这个心情。

　　回答说过，还是回答没有说过？

　　说当然是说过，可是，可是……根本不是他们想的那个意思啊！唉，让我怎么回答呢？

　　桑周罗布的阿爸那双和他儿子桑周罗布一样执拗的大眼睛，在期待着向秀老师的回答。

　　"昨天，嗯，昨天，桑周罗布在听写词语的时候，错了很多，我罚他抄写。我是为他好，我想让他把这些词语都记住……"向秀老师想从头开始来叙述这件事，希望对方能够体会自己是在什么情况下说桑周罗布是傻瓜的，能够判断出自己的这句话并没有伤害孩子的意思，但她还没有说完，桑周罗布阿爸的表情就让向秀老师没有再详细叙述的勇气了，因为他完全是一副根本听不懂的样子，而且似乎也是不打算要听懂这么多话的意思。

　　"我的儿子，老师您为什么要骂他？他并不是傻瓜！您让他伤心透了啊！"桑周罗布的阿爸对向老师说，"哭了一晚上，然后，不来了。"

　　向秀老师的脸很烫。被人这样质问，对于这样一个才刚刚踏进教育行业的新老师来说，几乎是难以承受的。

　　向老师的委屈如大山倾塌：她每天早晨五点钟就起床，因为民族小学在郊区，她每天单是用在上班路上的时间就要比别人多，平常所有的心思都用在孩子们身上了，连周末去相亲的精力都没有。为了让孩子们学会一个汉语拼音或者一个生词，她要重复几百上千遍，为了当好这个汉语老师，她甚至已经准备要学习藏语了。可是，因为自己无心的一句话，孩子要退学，家长来问罪！她也是凉桌子冷板凳苦读十几年的书才考上师范学校才成为老师的。她做学生的时候，不知道挨了多少次老师的训斥呢。有一次作业写得不好，还被老师打了手板子，她妈妈不仅没有责怪老师，还感谢老师！她平时稍严厉一点儿，不是为了孩子们好吗？可是，为什么他们不能理解？孩子们不理解也就罢了，可是家长也不能理解吗？向秀老师想到这里，泪水涌上眼眶。

　　可她还是强忍着，退后两步，跟身边的小班长央金说："央金，你带着大家读课文吧。"

　　然后，向秀老师对桑周罗布的阿爸说："请跟我来吧！"

　　走出教室，向秀老师再也控制不住，眼泪簌簌地往下掉。这让身边那头"黑牦牛"有点儿手足无措，是自己欺负了老师吗？他说："老师，老师！别哭，别哭啊！坏心肠，我没有。"

向秀老师本来是要带桑周罗布的阿爸去自己的办公室慢慢谈的，但突然拐弯下了楼，她要带他去找次仁琼嘉校长。

向秀其实心里还是有一点儿忐忑的，当然更多是委屈，她得把委屈跟校长讲清楚。她不是为了孩子们好吗？她的这句话不是很平常吗？

桑周罗布小题大做！他阿爸跟着儿子起哄！

想到这里，向秀老师不仅委屈，甚至还有点儿小愤怒。

还是去找次仁琼嘉校长吧，让他来评评理吧，他会理解我的。


4


高原的阳光如此明媚。光明所在之处，每一件事物都显得棱角分明，远处山峦的每一道褶皱，天空每朵云彩的层次都清清楚楚。

阳光下，桑周罗布走出家，从南大门走出村子。桑周罗布没有穿校服也没有穿球鞋，黑色的毛衣外面穿了羊羔皮做的、袖口领口镶了手工织的彩色条纹氆氇①的藏袍，右肩和

---

① 氆氇：藏族人民手工织成的一种羊毛织品。

胳膊露在袍子外面，脚上是一双小巧的牛鼻子藏靴，翘起来的鞋头可爱死了。袍子和靴子是姑妈在去年的雪顿节①上送他的礼物，平时穿得很少。他这身装扮看上去不像平时穿校服那样简单利索，却把他衬托得更英俊，就像从油画里走出来的藏族小王子。

村子南边是十几根高高的经幡杆，上面挂着五彩的经幡，那些写满了经文、层层叠叠的经幡在风中发出"猎猎"的声音，那是风在念诵着彩幡上的经文，把挂经幡的人的祝福和祈愿送到天际，佛祖听到，便会赐福人间。

穿过经幡林，就是噶陀寺。

阿爸去学校了。他说他要去问一下老师，是不是真的骂过他的儿子桑周罗布是"傻瓜"。要是真的骂了，他要让老师向桑周罗布道歉。让他不要去，他却一定要去，那就去吧，无论阿爸是不是支持，反正我是不会去上学了，因为我是个"傻瓜"。桑周罗布想到这里，眉头和心都皱起来。唉，一个简单的听写，我居然错了九个！谁让我是个"傻瓜"呢！

向秀老师是那样生气，她脸上一点儿笑容也没有，眼睛

---

① 雪顿节：藏族传统节日，每年藏历七月一日举行。

瞪得老大，声音也很响！

真的不要再去学校了。

算了，一个傻瓜，是学不会知识、做不成医生的。

真的不要再去学校了啊！

想到这里，桑周罗布心里就难过得要死，眼泪直想往外涌，但昨天晚上已经哭得很多了，现在还是别让那冷冰冰的泪水流出来的好。

那么，我回草原去放羊吧，没有羊群，流浪也好。每有稍长的假，阿爸都要带着我回草原小住。阿爸不是常说吗，草原才是我们真正的家。现在，我不上学了，阿爸就可以回草原了，我也跟着去，一起流浪。而且，阿妈还在草原上，也许这一次我们就可以永远和阿妈在一起呢。

最好明天就出发。

不过离开村子前，是要去一趟噶陀寺的，到寺里给佛祖磕头，当然还要和好朋友才周道个别，当然当然，还要再和他杀几盘棋。

要是说自己明天就离开村子回草原，才周一定会大吃一惊，会把那原本细细的眼睛睁得圆圆的，然后拖着长腔问："为什么？桑周罗布，你疯了吗？不上学？离开村子？！"

想到才周可能会睁得圆圆的眼睛，桑周罗布暗自笑笑，觉得好玩。

小喇嘛才周和桑周罗布同岁，只不过，在他们六岁那年，才周被阿爸送到寺院做了童僧，而桑周罗布被阿爸送到学校做了小学生。幸而，离得很近，他们还总是在一起，是最好的朋友。

桑周罗布最舍不得的当然就是才周，如果才周也能一起回草原，那该有多好！

寺院门口有一堆码放整齐的方砖，大概是寺院里准备铺院子用的，桑周罗布爬上砖垛，向学校的方向看去，虽然只能看到学校的楼顶，但他还是忍不住又踮了踮脚，想看到阿爸或者其他人的身影，但真的什么也看不到。

脚下的方砖晃了一下，桑周罗布赶紧跳下来。

向秀老师见到我的座位上坐着的不是我，而是阿爸，她是不是也会像才周听说我不上学一样吃惊？不知道阿爸会说些什么？他为了今天早上去学校，把那几句汉语练习了好几遍。想到阿爸说汉语那个笨拙的样子，桑周罗布本来是想笑的，却没有笑出来，倒是眼泪涌出了眼眶。不过，他轻轻地一抹，泪就干了。

桑周罗布快步走进寺院。

# 5

桑周罗布走进寺院的时候，他的阿爸白玛江措跟在向秀老师的身后。这个高大直率的藏族汉子，只想问问老师为什么要让他的儿子伤心，但此时看到自己把年轻的汉族老师惹得泪流满面，心里初来时的那份怨气瞬间变成了满满的内疚，甚至都有点儿后悔来了学校。

白玛江措外表粗糙狂野，但心地是柔软而善良的。

白玛江措出生在唐古拉山下的那片高寒的草原上，七八岁的时候就可以独自赶着羊群到离自家帐篷十几公里以外的地方放羊了。

白玛江措二十四岁那年春天，爱上了美丽姑娘珠姆拉吉。但那个春天，白玛江措的阿爸心情很不好，因为牧业社的东珠每天在这一片草场转着，鼓励动员大家搬迁移居到生态移民村去。他见人就游说："政府为大家修建好了住房、学校、医务室、村委会、小广场，希望大家都能够住到那里去，孩子们可以在那里上学，学校可宽敞啦。"

是啊，政府统一修建的住房，比黑帐篷暖和、宽敞、漂亮；村里的学校也很漂亮，每一间教室都有好几个黑帐篷那么大，桌椅板凳都是崭新的，教课的老师都是从师范学校毕业的，可不像草原上，因为条件太艰苦，没有老师会长年在这里教书，孩子们的教育实在是个问题。只不过，孩子们虽然可以坐到新教室里学到在草原上学不到的知识，却也没那么多时间去学骑马、放牧、为小羊羔接生了。

这样的烦恼和矛盾是多么让人心焦！

白玛江措没有这样的烦恼和矛盾，因为他还没有结婚也没有孩子，他自然不会被东珠的话说服，他不想离开草原，他不能丢掉羊群和草地，还有啊，他的珠姆拉吉在草原。

每天早晨，白玛江措和阿爸将牛羊赶到牧场之后，他就悄悄地骑着马溜到珠姆拉吉的牧场里，远远地开始唱歌。珠姆拉吉不理他，他就用"乌朵"①抛起石头，赶起珠姆拉吉的羊群，珠姆拉吉就会骑着马跑到他面前，凶巴巴地说："白玛江措，你这坏蛋，又来捣乱！你要是再这样，我就放我的獒咬你，把你咬得稀巴烂，看你还能不能到处乱跑了！"

白玛江措就喜欢看珠姆拉吉生气的样子，那些凶巴巴的话，在他看来，就像是世界上最动听的话。他静静地听完，不

---

① 乌朵：藏族牧民放牧牛羊使用的工具，用牦牛毛线编成，上有套环，可以抛出石块、土块。

但不生气，还嘻嘻地笑着，说："你快放獒出来咬我吧，把我咬得动不了了，你就养着我。我就不必每天跑这么远来看你了。"

珠姆拉吉瞪一眼白玛江措，骑着她的马跑开，白玛江措就在后边追，一边追一边唱着歌——

> 美丽的姑娘珠姆拉吉，
> 你别跑啊你别逃。
> 我爱你的黑头发，
> 我爱你的红裙裳。
> 你到天边，我也要追，
> 你到海边，我也要追，
> 你别跑啊你别逃。
> …………

"小子，喜欢珠姆就带着哈达和诚心来求亲，别在这里撵我的牛羊！"珠姆拉吉的阿爸在远处冲着白玛江措喊。

白玛江措吓得赶紧骑着马跑掉了，珠姆拉吉正想拿羊鞭去抽那坏小子，却回头看到阿爸在说话，立即羞红了脸跑开，躲了起来……

这一天早晨，白玛江措依然和阿爸把牛羊赶到牧场，然后依然骑着马跑到珠姆拉吉的草场，但是他却没有见到珠姆拉吉，他骑着马翻过一座山又翻过一座山，也没有找到他的心上人。

白玛江措失魂落魄地回到自家的草场，却看到阿爸躺在草地上，没有了呼吸。

阿爸是怎么离开的，至今也是一个谜，不过，白玛江措知道，阿爸和阿妈近些年都得了高原性心脏病，去城里看过两次，拿了些药。医院里的汉族医生其实早就说过很多吓人的话，希望他们能离开高海拔地区。只不过，阿爸阿妈以及白玛江措都没有当成大事，藏族人祖祖辈辈都生活在这里，怎么能说离开就离开了？

但是，现在，白玛江措开始认真地想离开这里的事了。

活佛为阿爸点了四十九天酥油灯，念了四十九天祈福经之后，白玛江措决定带着阿妈离开海拔四千五百米的草原，移居到长江源生态移民村。放弃他的草场，放弃他的牛羊，放弃他的帐篷，放弃他一心追求的姑娘。

惊喜的是，当白玛江措带着阿妈在村子里安家之后，发现他的心上人珠姆拉吉比他还早一步迁到了村子里。白玛江措顺利向珠姆拉吉求婚，一年之后，他们的儿子桑周罗布就出生了。可是，当桑周罗布快到两岁的时候，珠姆拉吉还是习惯不了村子里的生活，她丢下白玛江措和桑周罗布回到了草原，她说，如果她再不回到自由自在的草原，她就会死掉。

白玛江措也想回草原，但他不能走，儿子要在这里读书啊。儿子桑周罗布是个多么聪明伶俐的小孩子啊！才上二年级，汉语已经说得很好了，认得很多汉字，还跟着学校的老师学会了做手工、画水彩画。而且白玛江措心里有个愿望，他希望儿子将来能读好书，成为一个医生，阿爸的突然离世让他一直不能释怀，草原上需要真正的好医生，村子里也需要。懂事的桑周罗布仿佛也知道阿爸的期盼，他早就说过他将来要成为一个医生，但如果现在就辍学回到草原上可成不了医生，所以一定要读书啊。

可是，现在，桑周罗布却说要退学。

该怎么办呢？

真的要去问一下老师，为什么要说聪明的桑周罗布是傻瓜呢？为什么要这样伤害他的自尊心呢？白玛江措的儿子是多么聪明啊，他可不是傻瓜！

6

白玛江措跟在向秀老师身后，下楼，穿过篮球场，来到校长办公的那幢小楼，校长的办公室就在一楼。

校长次仁琼嘉的办公室门大开着，他刚刚翻开一页文件，抬眼看到两个人进屋来。

"你好啊！琼嘉！好久不见啦！"

桑周罗布的阿爸看到办公室的主人，稍愣了一下，就从向秀老师身后冲到前面，挓挲起双手，跟屋子里的人打起招呼，两个人先来了一个热情的拥抱。

"白玛，你怎么来啦！好久不见，你都在忙些什么呢？"次仁琼嘉校长热情地问候桑周罗布的阿爸白玛江措。

"陪阿妈去看病，又回草原上住了些日子。"

"哈哈，还是惦记着珠姆啊，是去草原找她了吧，你这家伙啊！"次仁琼嘉校长打趣起他的朋友来。

两个人热情地聊起来，当然是用藏语，向秀老师听不懂，有些尴尬地立在高大的白玛江措身后，过了半天，琼嘉校长才发现向秀老师站在门口。

"小向老师，你有事吗？"

主题终于回到桑周罗布退学这件事上了。

向秀老师用汉语叙述了一遍。白玛江措用藏语叙述了一遍。听向秀老师叙述的时候，琼嘉校长用汉语说"嗯！嗯嗯！"表示听懂了；听白玛江措用藏语叙述的时候，琼嘉校长用藏语说"呀！哦呀！"表示明白了。但他自己却没有发表任何意见，一直到那两位没有了声音，在等他发言时，他才说："桑周不上学了那可不行啊！无论怎样，不行啊，要回学校的！"

这有点儿出乎向秀老师的意料，按她想的，校长应该要先判断事情的对错吧，但他偏偏越过了是和非、对与错。是啊，向秀老师转念一想，和孩子的失学比较起来，对错似乎的确不是最重要的，次仁琼嘉校长才是最有智慧的人！

次仁琼嘉校长出生在唐古拉山乡的多尔玛草原，因为阿妈早逝，十四岁时被在城里公路局工作的舅舅从草原上带回城里，念完中学后顺利考上西北民族大学，毕业那年，正好是长江源生态移民村民族小学筹建的时候，乡长特意找到他，请他到学校里来工作，他就义不容辞地来了。他为学校的筹备和顺利开学做了大量的工作，尤其是招生的事情，他可是费了不少劲儿呢。主动到学校里的适龄孩子并不太多，他几乎是挨家挨户去普查，对不及时报名上学的孩子，他也是挨个儿地做工作。

"白玛，桑周罗布在哪儿？"次仁琼嘉校长站起身来，"我去找他！"

"桑周罗布，应该在家。"

向秀老师和白玛江措都跟着次仁琼嘉校长出了门。在走廊里，次仁琼嘉校长转头对向秀老师笑了笑，说："小向老师，你别难过了。放心吧，我去找小桑周，他不会真的退学的！你先回去上课，没事的，大家都会理解你的，好吗？"

"谢谢您！琼嘉校长。"向秀一边抹着眼泪一边说。

向秀老师向二年级（1）班的教室走去。

7

桑周罗布进了噶陀寺。

噶陀活佛在小经堂读经，才周和其他几个小喇嘛都端坐在卡垫上，跟着活佛大声地念诵。

桑周罗布先去了大经堂。大经堂华丽而敞阔，高大的释迦牟尼金像在正殿中央，威仪、慈祥、静穆。桑周罗布跪在地上，恭敬而虔诚地叩拜，然后给佛祖身边的绿度母、白度母也一一磕了头。

从大殿出来，桑周罗布到小经堂外的台阶上坐下来，隔着门跟着活佛和小喇嘛们一起小声地念诵着经文。

不一会儿，大家读完了经。才周从小经堂里出来，看到桑周罗布坐在台阶上，惊喜地问："哈，桑周，你怎么会在这里？今天不用上学吗？"

"今天不上学了，明天也不用上学了，以后都不用上学了。"桑周罗布说。

"为什么不上学了呢？"

"我要离开村子，回草原。"桑周罗布简单地回答。

"为什么？桑周罗布，你疯了吗？不上学？离开村子？"才周的样子跟桑周罗布刚才在来的路上想象的一模一样，这让桑周罗布忍不住轻声笑起来。

"才周，别那么吃惊，我不上学了，还可以做更多的事，我要回草原好好地学习骑马、放羊、扎帐篷。"桑周罗布说。

才周想了想："啊，那也不错！不过，桑周，你真的可以回去吗？你阿爸让你离开？老师同意你退学？还有琼嘉校长，他是不会让咱们村里任何一个小孩子退学的！"

"他们，他们啊，他们大概不会去计较一个傻瓜是不是退学吧！"桑周罗布自言自语地嘟囔着。

"桑周，你学校今天放假吗？"噶陀活佛从经堂里走出来，看到桑周罗布，慈祥地问他。

"活佛啦，扎西德勒①！"听到活佛的声音，桑周罗布赶紧恭敬地问好。噶陀活佛伸出右手轻轻地摸了摸桑周罗布的头顶，这让桑周罗布感觉到温暖而吉祥。

桑周罗布陪着才周去活佛屋子里，才周往火炉里加了几

---

① 扎西德勒：藏语中表示祝福、吉祥的意思。

块煤，把茶煮上，然后，时间就完全属于他们了。

两个小家伙在活佛屋外的平台上相对盘腿坐下，他们中间是一个画在地上的藏棋棋盘。棋盘旁边放着几十颗小石子，一些黑色，一些白色，这就是棋子。见他俩坐下，几个小喇嘛都凑上来，蹲着或者坐着观战。

这是他们俩见面必定要做的事，下藏棋。

藏棋是噶陀活佛教给大家的游戏，大家都喜欢下，但才周和桑周罗布尤其着迷。二人棋艺也相差不多，你赢一盘，他再扳回一盘，总也不能分出大的胜负。见二人迷恋藏棋，活佛在多次观看他俩对弈之后说，只要谁可以连续赢上对方三局，就把自己从四川带回来的那副牦牛骨的藏棋送给他。

因为有噶陀活佛这个约定，所以，这二人每次见面都要拼杀一番，每次都像世纪大战，不仅二人下得一丝不苟，连观局的小伙伴们也看得认真严肃。

藏棋跟汉族的围棋有很多相似之处，传说是一个渊源，棋子、棋盘、玩法都很类似，只有个别规则有些不同。而与汉族围棋最不同，也是最有趣的一点就是，下围棋的时候棋手大多是深思沉默状，而藏棋有一边手谈一边舌战的传统。一边下棋，一边斗嘴，这很有意思。

桑周罗布执黑子，才周执白子，各取六枚棋子摆好"座子",对弈正式开始。

"才周,你要注意啦,今天我要赢哦!"桑周罗布还没有动手下第一颗子,就开始挑事儿啦,用"舌战"开道,这是他俩的惯例。

"哦,桑周罗布,你放马过来吧,我可不会手下留情的,你要是输了,哭起来,可别像上次一样把鼻涕抹到我们寺院里的柱子上!"才周不甘示弱,这句话说得桑周罗布有点儿脸红,而旁边观战的小喇嘛们轻轻地笑起来。

在大家的笑声中,才周下了第一颗棋子。

"哎呀,才周,你可真是坏透了啊,你最好用好棋来打击我,而不是说些没有用的话!"桑周罗布一边说,一边专心地出招了。

第一局,桑周罗布险胜。

第二局,才周也没有赢。

桑周罗布连胜两盘,信心大增,有点儿得意,一副志在必得的样子。才周连丢两局,心里发毛,急躁写在脸上。

关键的第三局开始了,对双方来说,都很重要。旁边的小家伙们也都很紧张,连噶陀活佛都端着茶杯站在旁边看棋。

这一局,才周的攻势很猛,像只小獒犊子,在棋盘上横冲直撞，迅速地开局并吃掉了桑周罗布的三颗棋子。这本不是他的风格，才周的棋风其实是温和的，像他平时那不温不火的性格，要不是真的急了眼，这种凌厉辛辣的招式，是见不到的。

小胖墩儿嘎玛巴桑和多吉都向着他们的小师哥才周，在一边鼓励："才周，干得好，吃他！"

索南比他们几个都要大两岁，显得沉稳些，不过此时也有些激动。他当然希望他的小师弟才周赢，心里在暗暗地为他加油。

只有益西加措替桑周罗布着急，看到桑周罗布处于劣势，便在旁边小声地提醒，"反击啊，反击啊！赢了这局，就可以得到活佛的那副棋啦！"

噶陀活佛美美地喝着酥油茶，笑盈盈的，似乎没有偏向。藏棋是他教给小家伙们的，看到他们这样认真地下棋，他觉得很开心。

但桑周罗布仿佛并没有反击的意思，依然下得被动。当然，也没有让才周占大便宜。双方胶着布子，不久之后，整个棋盘上的棋子满满当当，看得人简直有些眼晕。

这局棋下得有些沉闷，完全不像前两局那样，一边下棋，一边打着嘴仗，这局双方几乎都不再"舌战"，只顾手下专心走棋。

大家正在紧张而无趣的感受中徘徊的时候，突然听到桑周罗布长长地舒出一口气，他拖着抑制不住的得意声调说："哈哈，才周，撒若①，我的'长枪'铸成，看看！"桑周罗布一边说，一边把最后一颗棋子摆在他那连在一条线上的九颗黑子中间，十颗黑子连在一起，看起来可不就是一把漂亮笔直的长枪嘛！这一下子就可以吃掉对方任意位置上的十颗棋子，棋局赢得稳稳当当。

"啊！"才周大喊一声，发现自己只一心制造连续"跳吃""夹吃"的效果，倒是吃得不亦乐乎，却没想到桑周罗布这家伙一直在配合自己演戏。表面上看去是被自己吃得节节败退，苦不堪言，却不想他在闷头铸"长枪"！才周懊恼得连连拍着自己的脑袋。

一下子丢掉十颗子，回天无力，只好认输啦！

8

虽然早读的下课铃声响了，向秀老师还是回到二年级

---

① 撒若：藏语"傻瓜"的意思。

བདེ་སྐྱིད་ཀྱི་ས་བོན།

（1）班的教室，因为上午头两节课都是她的汉语课。

向秀老师的眼睛有点儿肿，所有人都看出来她哭过。

"老师……"小央金走到向秀老师面前小心翼翼地叫她，然后，就不知说什么好了。

向秀老师嘴角弯起，想对小央金笑笑，可是眼睛却发酸，险些掉下泪来。当然，她立即就忍住了。

十分钟的课间，孩子们很快就没心没肺地把老师丢到一边，做起了每个课间都会做的那些事。

向秀老师站到讲台左边的那个暖气片边上。刚刚开始送暖，教室里显得有点儿燥热。她看着孩子们，他们有的把从家里带来的零食分给同学，有的在座位上画画，有的在黑板前拿着粉笔一边擦一边乱画，几个小姑娘在课桌上玩"阿不多儿"，其实就是汉族孩子玩的抓石子，但藏族的小女孩们把石子换成了羊骨子，只有小央金和大个子才让把马上要上的汉语课的课本打开，在预习。

如果桑周罗布在，他会在课间做什么？

向秀老师突然想到这个问题。然后她努力地去回想桑周罗布平常在教室里的样子。

桑周罗布是个安静得有些腼腆的小男孩，课间的时候，就算是夏天，大家都喜欢在下课后到操场上疯跑的时候，他也比较安静，喜欢坐在教室里看女孩子们玩游戏，或者看书，或者……哦，对了，他近来迷恋藏棋，总是在下课后追着同学陪他下棋，有时放学也不走，非要拉几个同学杀几盘才回家。嗯，专注下棋的桑周罗布是多么可爱啊，他低着头，眼睛盯着棋盘，从侧面看上去，长长的睫毛一闪一闪的，可爱得要命！

他到底知不知道我觉得他可爱呢？

肯定是不知道的，要不然，他就不会为昨天我批评了他而生气，生气到要退学。

我的语气真的那么严厉吗？我那些话真的伤害到他的自尊心了吗？

桑周罗布真的退学了怎么办？他不能退学啊，他是那么好的一个学生！

向秀老师此刻平静了很多，她开始有点儿后悔，真的不应该那么严厉，尤其不应该说聪明的桑周罗布是"傻瓜"。桑周罗布才不傻呢，他是我们班最聪明的小孩子！唉，我怎么能跟他发那么大的火呢？

"如果是在汉族学校，这样的事会不会发生?"向秀老师自语道。

9

桑周罗布先是把活佛赠送的藏棋小心地放到宽大的袍襟里，但是棋子有点儿沉，揣到怀里很不方便，他便跟活佛又要了一只结实的布袋子，棋子提在手里，那沉甸甸的感觉让他觉得可幸福了。

才周苦着脸跟着他一直走到寺院大门外，与其说是在送桑周罗布，不如说是在送那副珍贵的藏棋。那副漂亮的藏棋啊，今天终于让桑周罗布赢走了。唉，真是懊恼啊，中间那局下得太粗心了，最后一局下得太急躁了啊！要不然，那棋子此刻或许就在我的手里。唉，谁让我粗心大意呢！还好，棋子在桑周的手里，以后还能一起玩。不过，桑周说他明天就要离开村子里了，真不知以后还能不能一起下棋，唉！

才周一边走着，一边叹气。

桑周罗布真的太不忍心了，他自然明白才周的心。他有好几次都想把手里的棋子送给才周，但又实在舍不得。

走出寺院好远了，他回头，发现才周居然还站在寺院的门口，仿佛还抬起手来抹眼泪。

桑周罗布终于还是果断地折身回去。

看到桑周罗布回来，才周却转身跑了。

桑周罗布一直追到才周的僧舍里，他把藏棋从袋子里拿出来，把白棋子给了才周，说："咱俩一人一半，这棋是咱俩的，以后，只要我们见面，这黑白的棋子就见面，然后一起下！你就别难过了！"

才周惊愕得把细细的眼睛再次睁得大大的，比他听说桑周不上学的消息还要吃惊些，本来红红的眼睛里，又涌满了眼泪，然后，眼泪一下子都滚了出来。"谢谢你，我的朋友！"才周赶紧接过白棋。

"才周，不要谢我。"桑周罗布吞吞吐吐地说，"才周，我，我刚才在赢你的时候，说你是'撒若'了，对吗？"

"呃，好像是说了。"

"你没有生我的气吗？"

"我怎么会生你的气，我知道你不是故意骂我！再说，我可不傻。"

"对，我并不是在骂你。"桑周罗布在心里默默地跟自己说：那么，昨天，向老师说我是"傻瓜"的时候，是不是跟我刚才说才周一样呢？区别就在于她用的是汉语，而我用的是藏语。用藏语说"傻瓜"不伤人心，那么用汉语说"傻瓜"就伤人自尊吗？

桑周罗布默默地往回走。阿爸大概早就从学校里回来了吧，唉，我也应该回家了，说不定，阿爸已经开始收拾行李，准备回草原了呢！

10

桑周罗布还没进屋，就听到阿爸和人说话的声音，进门一看，居然是次仁琼嘉校长。

次仁琼嘉校长和阿爸白玛江措并排坐在客厅的藏式沙发上，沙发的后背上面雕刻了藏八宝，有吉祥结、妙莲、宝伞、右旋白海螺、金轮、胜利幢、宝瓶和双鱼。次仁琼嘉校长的身子正好挡住了妙莲，而阿爸则坐在了胜利幢前面。

看来他们俩已经在这里坐了好一会儿了，因为他们面前条桌上的酥油茶已经喝得只剩下了半壶。

桑周罗布看到次仁琼嘉校长，脸一下子就红了，因为大家都知道，次仁琼嘉校长到谁家里喝茶，多半是因为这家里出了逃学的学生。没有想到，今天校长居然来了自己的家！好羞人啊！

"桑周，你去哪儿了？"次仁琼嘉校长见到桑周罗布进屋，问他。

"我去寺院里了。"桑周老老实实地答。

"啊，去寺院里了！那么，活佛他老人家在吗？他还好吗？"次仁琼嘉问道。

"很好。"桑周罗布乖乖回答。

"那么，桑周，你去寺院里做什么呢？"

桑周罗布本来想说去跟好朋友才周道别，但他又觉得那样说有点儿不妥，便改口说："我到寺里跟才周下棋去了。"

"哦？下赢了吗？"次仁琼嘉校长顺着桑周罗布的话问。

"赢了！"桑周罗布立即兴奋起来，他举起手里那盒噶陀活佛送他的棋子在校长面前扬了扬，"你看，我赢了才周，活佛把他那副牦牛骨藏棋送给了我。"

"哈，是真的吗？你赢了才周！桑周，你应该是我们村子里最聪明的小孩子了吧！"次仁琼嘉校长说得有点儿夸张，但很真诚。

"我？我不是。"桑周罗布脸色黯淡。

"桑周，昨天的听写，你错了几个？"

"九个。"桑周的头低得很低，声音很小。

"你知道才郎太错了几个？"

"不知道。"

"才郎太错了十九个，曲多错了十六个，连小班长央金都错了十个，比你还多一个呢，所以，你错得最少，是不是最聪明的？"

桑周罗布本来低着头，听到校长这样说，立即抬起头来，用亮亮的眼睛看着校长。他相信了校长的话，嗯，我是错得最少的，那我应该是最聪明的。

对，我是聪明的，我不是傻瓜，这我知道。可是，向秀老师昨天没有说别人是傻瓜，却单单说了我是傻瓜。她当时的声音真大啊，大概连邻班的同学都听到了吧，反正我所有的同学当时都听到了，更可气的是才郎太当时就在旁边笑话我！

"向秀老师很凶，她说我是个傻瓜。"桑周罗布委屈地说。

"向秀老师是比其他老师严格一点儿，但她并不是想伤你的心，她只是想让你学得更好，你知道，她最喜欢你的。"次仁琼嘉校长慢慢地说。

"为什么要这样？她心里想让我学得更好，是喜欢我的，可是嘴里却说我是傻瓜，对我那么凶！为什么嘴巴和心不一样？"桑周罗布很费解。

"这个嘛，这个嘛。"次仁琼嘉校长搓了搓手，说，"这个也许就是向秀老师的方式吧！还有啊，向秀老师是汉族老师，能到我们这个学校来，是很不容易的，工作也很辛苦，你要理解她。"次仁琼嘉校长解释道："总之，她是为你好的，你就不要为此生气或者伤心了，好吗？"

"是啊，是啊，你不要再伤心了。看到向秀老师的眼泪，我的心真是要碎了。刚才她哭得很伤心，真是罪过啊！"白玛江措也跟着劝儿子。

"啊，阿爸，你把向老师惹哭了，阿爸，你到底做什么了，你……"桑周罗布叫起来。

"没有啊，我并没有对向秀老师做什么，我只是……"白玛江措连忙辩解。

"桑周，你阿爸并没有怎样。"次仁琼嘉校长也赶紧帮着白玛江措说话。

听了琼嘉校长的话，桑周罗布又低下头，沉默了一下，又说："其实，其实，我现在也明白了，因为刚才我和才周下棋的时候，也说才周'撒若'啦！才周没有生我的气，所以，我想，我也不应该生向老师的气，是不是？"

"哈哈，我没有说错吧，桑周罗布就是我们村子里最聪明的小孩子，你看吧，他最明白事理了。"次仁琼嘉校长开心极了，他搓了搓手，端起桌子上的酥油茶，一口喝干净，然后站起身来，对桑周罗布的阿爸白玛江措说："白玛，我的好兄弟，你有一个多么棒的儿子啊！"

"哦呀，哦呀！"白玛江措一迭声地应着，笑得合不拢嘴。

11

向秀老师走到学校门口，看到桑周罗布穿着蓝色的校服背着书包在大门左侧站着。他见到向秀老师立即走上前去，把手里的本子递给向秀老师："老师，我每个词语都抄了十遍。"

向秀老师轻抿着嘴角，翻开本子。一个也没有错，而且，写得好整齐啊！

"桑周……你……"向秀老师顿住，看着桑周罗布笑，然后，用食指再次轻轻地戳了一下桑周罗布的大脑门，"你这个小傻瓜啊！以后再错，老师还是会罚哦！"

"我才不是'小傻瓜'！"桑周罗布一边说，一边笑着跑进了教室。

梦里的书

1

晚风吹动大经堂的门环,"叮当"轻响,声音若有若无地传到僧舍,益西加措像数星星一样数着这声声的轻响,他希望可以像仁登师父数羊助眠那样,伴着这如诵经般的好听声音进入梦乡。可是益西加措都数乱了好几次,睡意不仅没来,而且还好像越离越远。

小黑狗安静地躺在墙角那个舒适暖和的小窝里,看上去睡得很香甜。益西加措借着从窗外照进来的一小片月光,看了一眼蜷成一团的小黑,轻笑一下,嗯,它会做个什么样的梦呢?

是的,八岁的小喇嘛益西加措失眠了,失眠的原因就是刚刚做的那个梦。

那是个多么奇特的梦啊——

他和小胖墩儿嘎玛巴桑从寺院外抬着满满一桶清水回来,刚走到寺院那高高的红墙拐角处,就看到一本书躺在地上。

　　益西加措走到书边，弯腰把它捡起来，可当他的手刚刚拿起书，那本看上去五彩斑斓的书，突然变大并长出了一双巨大的彩色翅膀，像鸟儿一样驮着益西加措轻轻地飞起来。益西加措心里又惊喜又慌张，他低头一看，嘎玛巴桑和那桶还没有被抬回寺院的清水离自己越来越远，他想喊，可是发不出声音来，他只得丢下那被惊呆了的小伙伴和水桶，骑着"书鸟"，迅速地穿过风、穿过云层。益西加措很快看到湛蓝的天，蓝天下是皑皑的雪山，然后，他的呼吸都快要停止了——他看到雪山下，是自己的家乡，那片葱翠的草原上，有羊群、牛群、飞奔的马，还有牧人的歌声，益西加措迫不及待地纵身从书的脊背上跳下……

　　益西加措在下坠的途中醒来，然后，再也无法安睡。

　　他额上有一层细细的汗，但让他回味的细节并不在下坠的惊恐上，而是那本神奇的书，它生着巨大的彩色的有力量的翅膀，重要的是，那双翅膀，带着他回到家，只是，还没有见到阿妈，他就醒了！

　　晚风依然在轻轻地吹，大经堂上的门环，依然轻轻低响，益西加措什么时候再次睡着的呢？他自己不知道。

## 2

这座叫噶陀寺的藏传佛教寺院，安静地坐落在这个高原小城郊外曲麻莱生态移民村的后边，寺院里除了几个小喇嘛，就只有噶陀活佛和仁登师父。仁登师父负责给小喇嘛们上算术和藏文课，当然也要负责操心这些小家伙的生活，而念经讲经的工作，只好由噶陀活佛自己来做。

早饭前，噶陀活佛带着大家念了经。吃过早饭，仁登师父给小喇嘛们上藏文课，益西加措上课时走神，望着窗外发呆。仁登师父说："益西加措，平常你最好学，可是今天似乎有点儿心不在焉啊。如果不想坐在教室，就去井边打一桶水来，把小经堂的门窗擦干净吧！"

仁登师父的话叫益西加措立即红了脸，小胖墩儿嘎玛巴桑在邻座上"哧哧"地笑起来，还没等他笑完，仁登师父说："你看，嘎玛巴桑也想跟你一道去，那么，你们两人一起干点儿活儿吧！"

嘎玛巴桑立即止住幸灾乐祸的笑，但他心里还是美滋滋的，和坐在这里上藏文课相比，他情愿去抬水、擦小经堂的门窗。

益西加措和嘎玛巴桑用一根杨木棍抬着一只绿色的塑料桶。狗儿小黑本来百无聊赖地在厨房外面溜达，突然看到小主人从教室里出来拿着水桶去取水，立即欢天喜地跟着小主人跑起来。

水井离寺院并不远，绕过寺院东墙外的那几丛彩色的经幡就到了。村子里的布赤婶婶正好在井边取水，她看到益西加措和嘎玛巴桑，热情地问候："两个小阿卡真勤快啊！"然后把自己桶里的水倒到他们的水桶里。两个小家伙很开心地接受了布赤婶婶的帮助，打水其实并不太轻松，摇着辘轳把装满水的桶从井深处提上来，总是很费劲。本来，寺院里也有自来水的，可是仁登师父总是让他们到井边取水，说井里的水更纯净。

益西加措走在前面，小胖墩儿嘎玛巴桑则在水桶的后面，两个人向布赤婶婶道谢之后，抬着绿色的水桶往寺院走。

阳光很明媚，大朵大朵的白云在蓝天上悠闲地飘来飘去，嘎玛巴桑抬头看到白云，像是自言自语："这云多像草原上的羊群啊！"益西加措听到同伴的话也抬起头来看了看天。他脑海里还在回想昨晚的梦，那本神奇的书，带着他飞啊飞啊，飞得真高啊，那些在梦里从他身边穿过的白云，比此时的云朵更白更大，似乎还带着些潮乎乎的水汽，那感觉，很真切。

抬着满满一桶水，两个小家伙步履并不平稳，桶里的水不时地溅出来，嘎玛巴桑就说："益西加措，你能不能走得稳点儿，水都溅出来了，我的鞋子都湿了。"益西加措想说："我走得很稳，倒是你，应该注意点儿。"但他并没有说话，因为他的眼睛此时紧盯着路面，他们马上就要走到昨天晚上梦里发现奇书的位置了。

"停！停下，嘎玛巴桑！"益西加措声音很小，轻轻的，像是怕惊动什么。水桶后面的小胖子，看益西加措这个样子，只好轻轻地停下来，连小跑着的小黑也放慢了脚步。

几乎是和梦里的情节一模一样，明媚的阳光下，益西加措和嘎玛巴桑，抬着一桶水，寺院红色院墙的拐角处，一本书躺在路边……真的和梦里一模一样。

益西加措看到不远处的地上，躺着一本书。

益西加措的心跳在他目光接触到书的那一瞬间，仿佛停止了，但他的心立即又狂跳起来，几乎要蹦出胸膛，跟小鼓一样"咚咚"响。他呆立在原地，连六字真言都忘记了念。直到嘎玛巴桑说："益西加措，那是一本书吗？"

"啊，一本书！"益西加措嘴里轻声地说道，但眼睛却一点儿也没有离开那本书，生怕自己一走神或者一眨眼，那书就会长出翅膀飞起来，而自己却还没有准备好和书一起飞起来，穿过风和云朵，回到草原。天哪，就像梦里那样。

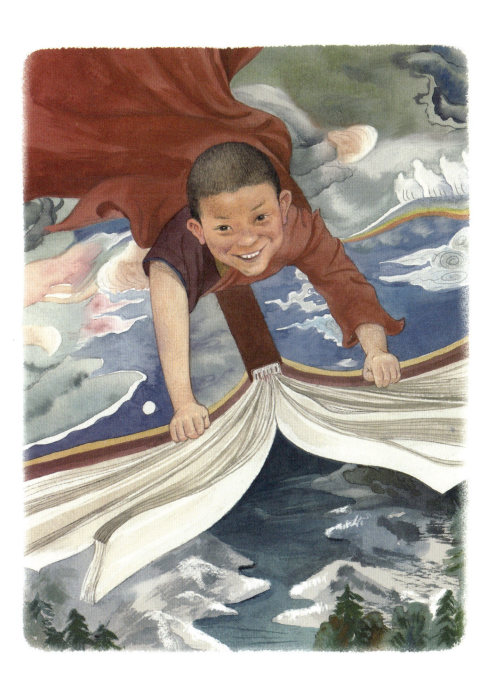

བདེ་སྐྱིད་ཀྱི་ས་བོན།

　　嘎玛巴桑立即要上前去看看那本书，却被益西加措轻轻地拦住了："先别……"

　　嘎玛巴桑这才注意到益西加措的样子如此失常，脸蛋通红，那"怦怦"的心跳像小鼓擂动，他停下脚步："那书，有毒？还是……魔鬼的信物？"

　　益西加措的目光并没有离开那本书，他一手拉着嘎玛巴桑的僧袍，一手捂在自己的胸口，企图按下起伏的心跳，让自己冷静下来。清风路过的时候，那书页轻轻地翻动了几下，有点儿像是在跟益西加措招手。

　　嘎玛巴桑几步上前，捡起那本书。

　　益西加措的心几乎已经蹿到嗓子眼儿，生怕嘎玛巴桑手触到书的那一瞬间，书就要长出翅膀，飞起来。

　　"哦，好像都是汉语，谁能看懂？"嘎玛巴桑随意地翻着那本捡到的书，很有些失望的样子，"益西加措，你这是怎么啦，这就是一本看不懂的书啊，并不是魔鬼的信物，我的手并没有变绿，或者烂掉，你看你看！"

　　那书，在同伴那双小胖手里被翻得"哗哗"响，并没有长出翅膀！益西加措顿时轻松下来，他眨了眨酸困的眼睛，但接着一股巨大的失落感像洪水一样涌入他的心里。那一刻，他有一种被欺骗的感觉，明明是应该生出翅膀的，明明应该飞起来的！之前，一切本来都是梦里的样子，但在关键的一刻，梦突然停止，最奇异的那一部分并没有发生，多么令人沮丧！

益西加措仿佛在瞬间得到所有，又在瞬间失去，那份失落让他难以承受，他突然失声痛哭起来。那哭声惊人，似乎把天上的云朵都惊飞起来。

嘎玛巴桑不知道益西加措为什么会变成这样，他显然是被吓到了，他嘴里念着六字真言，把手里的书一下子丢在地上，然后跑回了寺院。

小黑凑上去，吸着鼻子，使劲地闻着那书的味道，但也很快走开，那书的味道显然并不是它喜欢的。


3


噶陀活佛听跑得气喘吁吁的嘎玛巴桑说益西加措中邪了，立即来到寺院外，远远就看到益西加措捧着一本书哭得惊天动地。

"益加，你这是怎么啦？"

"珠古①，这上面写的什么？"益西加措看到噶陀活佛走

———————————

① 珠古：藏语中对活佛的称谓。

过来，才停止哭泣。

噶陀活佛把那本被嘎玛巴桑称为"让益西加措中邪的魔鬼的信物"的书接过来。

书不新，边缘上还有几处小小的破损。但书的封面很好看，一道艳丽的彩虹下，有一个长头发的女孩凝望着远方。封面的上半部还横着写了三个字，这显然是书的名字。

汉文，书里全是汉文，一个藏文也没有。

噶陀活佛看不懂，口语，他是会一些的，但汉字，他认不得几个。

噶陀活佛笑了笑，说："我也不认识汉字。"

益西加措刚刚止住的泪再次涌出眼眶，他失望极了，那书里讲的到底是什么？是神仙的故事还是魔鬼的故事？至少让我知道书的名字是什么吧！可是现在，寺院里居然没有一个人认识汉字。他的失望慢慢变成一种无奈和无助，他甚至有一点儿恐慌，感觉自己在瞬间变成了瞎子和聋子。

"益西加措，到底发生了什么？不过是从路过捡到的一本不知被谁丢弃的旧书而已。"噶陀活佛摸了摸益西加措的头顶，把手掌里的佛珠绕在手腕上，再把益西加措那滑落的袈裟为他重新搭在肩头。

"它是，梦里的书。"益西加措说。

"梦里的书?"

"是,我梦里的书。它应该长出翅膀,应该带着我飞起来,回到草原,见到阿妈。"

噶陀活佛似乎听懂了,他再次摸了摸益西加措的头顶,说:"或许,你做了一个神奇的梦。可是现在,我们还是先回寺里吧。"

嘎玛巴桑和益西加措抬着水走在前面,噶陀活佛走在后面,手里拿着这本捡来的写着汉字的旧书。

"这是一本梦里的书,它在梦里带着益西加措飞越万水千山,回到了草原,见到了阿妈。"看着走在前面的益西加措,噶陀活佛心里轻轻地一叹,从半年前那个满脸病容的女人把儿子托付给他的那一刻起,他就知道:"这一世,见不到啦!"


4


按照仁登师父的要求,益西加措和嘎玛巴桑把水抬回来就开始擦小经堂的门窗。

小经堂是一间不足三十平方米的四方形屋子,门正对的方向,供着一尊半米高的释迦牟尼坐式金像,他的两侧分别是白度母铜像和绿度母铜像,佛像台前供着三排小酥油灯。

佛台下面左侧放着一个宽大的坐垫，那是活佛的位置。活佛左右两侧各放了两排半新的卡垫，是平时小喇嘛们学习诵经的地方，这就相当于一个学经的教室。

擦完门窗，仁登师父那边的藏文课正好上完。嘎玛巴桑跑去和下课的伙伴们玩耍，添油加醋地给大家讲益西加措"中邪"的事，小伙伴们的笑声传过来，益西加措听得心里直抱怨那多嘴的小胖子。但他也没有被过多影响，随他们笑去吧！益西加措拿了一块干净的软布，轻轻地擦拭着佛龛和佛台，然后跪在佛祖面前默默祈祷。

噶陀活佛不知什么时候悄悄站在他身后，轻轻地摸了摸益西加措的头顶，然后把那本书还给益西加措，说："益加，留着它吧，也许这书里有你的梦呢！"

益西加措把书小心地揣进僧袍。

5

益西加措和嘎玛巴桑在厨房里帮曲珍婶婶准备午饭，嘎玛巴桑在削土豆，益西加措在洗胡萝卜。

听到远处民族小学放学的铃声，益西加措丢下手里的胡萝卜，甩着湿淋淋的小手，向大门外跑去，到村口去看放学的小学生们结伴打闹着回村子。益西加措在等卓玛姐姐。

"卓玛姐姐，你认识汉字的，是不是?"益西加措红着脸问。

卓玛今年十三岁，上六年级，是个温柔又大方的姑娘。

"认识的!"卓玛说。

益西加措把双手在僧袍上蹭了蹭，从袍襟里掏出那本书，递给卓玛姐姐："这书里写了些什么?"

卓玛姐姐好奇地翻了翻这本旧书，说："真抱歉啊，益西加措，我没看过这本书，不知道它讲了什么内容。"卓玛把书又还给了益西加措。

"可是，卓玛姐姐，书的名字你总是认识的吧?"益西加措有点儿着急了，他指着书封面上那三个大字问。

"彩虹国。"

"什么?"

"彩、虹、国。"卓玛又慢慢地说了一遍。

"卓玛姐姐，你真的没有看过这本书吗?"益西加措问。

"真的没有看过。"卓玛姐姐老老实实地回答。

益西加措有些发呆。

卓玛姐姐也沉默了一小会儿，然后对益西加措说："你可以借给我看看，我看完了之后就可以告诉你书里的内容了。"

益西加措看看卓玛姐姐，把书揣回怀里，红着脸跑了。

卓玛笑了起来："小气鬼益西加措，我看看也不舍得吗？"

益西加措把那本看不懂的书揣在怀里，晚上睡觉也不叫它离开自己。他会在被窝里偷偷地翻开书页，一遍又一遍地看那几幅看了很多次的插图。白天有空的时候，他也会偷偷地从怀里掏出书来看看，发发呆，常常露出伤感的表情。自从有了这本书，益西加措似乎喜欢上了独处，小伙伴们在玩的时候，他独自坐在一边，也不说话，心事很重的样子。那天，索南说他看到益西加措对着那本书落泪。

"益西加措中了一本旧书的邪，可怜的益西加措啊。"这是近些天大家说得最多的一句话。

## 6

周日，是噶陀寺的小喇嘛们休息的日子，不用上课。完成了仁登师父要求大家收拾自己的房间和做好个人卫生等任务之后，小家伙们最喜欢从寺院的东角门出去，到经幡下和村子里的孩子们一起玩"找牛犊"或者"阿不多儿"的游戏。

不过这个休息日，益西加措并没有跟大家一起去经幡下玩，他一大早就来到村子里，打算去求培哥哥家。

他轻轻地敲响求培哥哥家的门，求培的阿爸来开门，有点儿吃惊："小阿卡，这么早来我家定是有吉祥如意的事！快请进屋吧！"

"我想……我想找求培哥哥。"益西加措也自觉有些冒昧，不过，他念了两遍六字真言后，还是鼓起勇气说明来意。

"他在学校没有回来啊！"求培的阿爸说。

"可今天是星期天啊，他不放假吗？"

"求培今年读高三啦，学校里周末也要上课，只有每个星期天下午才放半天假呢。"

"啊，这么忙啊！"

"如果一定要找到求培，小阿卡，你下午再来吧，求培吃过午饭就回来啦。"

"那，我下午再来。"益西加措向求培的阿爸行了个礼，又回到寺院。

吃过午饭，益西加措又来到求培哥哥家。

求培看到益西加措，很开心地跟他打招呼："益加，你好啊！"

"求培哥哥好！"

"找我有事吗？"求培给自己和益西加措各倒了一小碗酥油茶，市里的学校里可没有酥油茶喝，一个星期像是隔了很久，现在喝到，真香啊！

"求培哥哥，你能教我学习汉语吗？"

"当然可以！不过要等到我考完试啊，还有两个月。"

"啊，可是我不想……我想……好吧，等两个月。"益西加措本想说自己不想等两个月，只想现在开始学习，但他马上就意识到，求培哥哥还有两个月就要高考了，不能占用哥哥宝贵的时间。

"为什么突然想要学习汉语？"求培哥哥一边"呼呼"地喝着可口的酥油茶一边问益西加措。对于这个小阿卡，求培哥哥还是很熟悉的。仁登师父说过，益西加措很好学，也最聪明。

"因为……因为，我想看懂这本书。"益西加措从怀里掏出那本让他"中邪"的书。当然，"中邪"是嘎玛巴桑说的，活佛可是说过，书里有梦。

求培接过益西加措手里的书，轻轻地笑了："《彩虹国》，哦，这本书我看过的，讲的是——"

"不！不不！求培哥哥，不要告诉我里面讲的是什么故事，请你教我认汉字。"益西加措连忙制止了求培哥哥。

"哈哈，好的，你自己去读吧。不过，益加，你知道的，我现在真的没有时间啊，连周末也要上课的！"

"我知道。"益西加措眼睛里全是失望和难过。

求培不忍心看着益西加措失望，他马上安慰益西加措："不必难过，不就是两个月嘛，我到时候就会有很多时间啦，我教会你汉语拼音，再教会你查字典，你就会慢慢地搞懂汉语啦……"

"汉语拼音？是什么？"益西加措问。

"学习汉语呢，要从汉语拼音开始，就像我们学习藏文要从'ཀ ཁ ག ང'开始一样。汉语拼音呢，从'ɑ、o、e'开始……"

### 7

四月晴朗的夜风吹动噶陀寺大经堂的门环，"叮当"轻响，像一首安然的眠曲，躺在被窝里的益西加措，想象着那门环下挂着的五彩的金刚结在随着这眠曲轻舞，像唐卡里的度母身上的彩衣重裙那般曼妙而美丽。

还有两个月，就可以学习汉语了，从"ɑ、o、e"开始，我就可以看懂这本书，当然，还有更多更多的书。

想到这里，益西加措蜷了蜷身子，然后把怀里的那本捡来的书，搂得更紧了，就像是搂着一个甜蜜的美梦。

# 我只有一块石头

# 1

小卷毛、小可怜、小家伙、小尾巴、小不点儿，这些都是外号，他原本的名字叫曲吉多吉，噶陀活佛和仁登师父都爱怜地叫他"我的小曲多"。

外号也好，名字也好，都有一个"小"字，这是因为，曲吉多吉真的很小，小小的脸，小小的眼睛，还有瘦瘦小小的身材。绛红色袈裟在他身上总是显得特别肥大，跟他一样八岁的嘎玛巴桑，腰带总是勉强才够系上一圈，但曲吉多吉即便绕上两圈，还有多余的来打结。

曲吉多吉的阿爸和阿妈就住在寺院北边的村子里，他们原本并没有想让曲吉多吉出家，但是前年冬天，阿爸带着阿妈去外地看病，把曲吉多吉寄养到寺院里，几个月之后，他们回来了，却觉得让儿子做喇嘛也挺不错的，所以瘦小的曲吉多吉便剪掉一头小卷毛，成了噶陀寺的小童僧。

噶陀寺是新建的寺院，因为噶陀活佛与市区里的一些宗教团体和慈善机构走得比较亲近，所以，除了村民到寺院里来转经、拜佛、做法事以外，市区里来的人也很多，比如摄影家们常来拍照，民俗学家们常来考察，还有一些企事业单位或者个人来捐赠或者点酥油灯。

乔帆是一位作家，她跟着一位画家朋友到寺院写生，结识了噶陀活佛和这些可爱的小喇嘛。乔帆阿姨温柔善良，说话还特别幽默，常把小家伙们逗得哈哈大笑，所以，虽然认识并不是特别久，但却成了小家伙们最喜欢的人。

乔帆第一次见到曲吉多吉是在去年的正月，刚刚过了年，天气还冷得很。乔帆见到还没有剪去鬈发的曲吉多吉，说："哎呀，这是谁家的小孩子？我好像从前在哪里见过似的，一头羊卷毛，真可爱啊！"

瘦小而腼腆的曲吉多吉躲到仁登师父身后，害羞得眯起小眼睛笑。

2

汉历的春节前，乔帆阿姨又来了，而且还给大家带了新年礼物。

"这个，益西加措，给你！"乔帆阿姨把一双运动鞋送给益西加措。

"这个，才周，是给你的！"乔帆阿姨把一只汽车形状的削笔器和一大把彩色的铅笔给了光头才周。

"还有这个，我的小胖墩儿，你最需要的！"乔帆阿姨给嘎玛巴桑的是一条长长的布腰带和一双棉手套。

"多杰，小可爱，这有一本藏汉字典，送给你。"乔帆阿姨把字典送给最爱学习的多杰。

"这个这个，啊，曲多，要送给你！"

小家伙们私下偷偷地议论过，乔帆阿姨总是说最喜欢曲吉多吉，可每次送给曲吉多吉的礼物都不怎么样。比如上次是一只红叶书签，上上次是一双丑陋的毛线袜子，还有那一次，阿姨居然送了曲吉多吉一根扭来扭去的胡杨枝！你看嘛，乔帆阿姨此时手里拿着一条小布鱼，蓝花布缝成的，就是那种土里土气的蓝花布，四个鳍和尾巴，居然连花也没有，只是简单的蓝布，两颗黑色的小纽扣缝在鱼头两侧，那就是鱼的眼睛。不过还好，鱼的身子里面薄薄地装了些棉花，所以鱼身子是饱满而柔软的，鱼背上还有一个蓝色的线襻，线中间还绾了个精致的吉祥结，这看上去还不错，至少可以把鱼挂起来。

"谢谢乔帆阿姨！"曲吉多吉恭敬地接过布鱼。

"希望你喜欢哦，因为阿姨很喜欢它！"

"阿姨，我也喜欢！"曲吉多吉紧紧握着小鱼。

孩子们真开心啊。益西加措忙着试穿新鞋；才周用他的新削笔器把他的新彩笔一支一支地削好，忙得不亦乐乎；多杰在翻字典；最可笑的就是小胖墩儿嘎玛巴桑，他要把新的长腰带换上，结果刚把旧腰带取下来，僧裙一下子就掉到地上，花裤头就跳了出来，仁登师父大笑着挥挥手，嘎玛巴桑提起僧裙跑回自己的僧舍里，再也不好意思出来见人。

只有曲吉多吉，他很安静，手里握着那条布鱼，似乎不知道怎样安放这条质朴的小鱼和阿姨的好意。如果是条真鱼，他肯定要赶忙去找一只鱼缸，但这条小鱼并不需要；如果它是一双鞋子，他肯定要在仁登师父的引导下试穿一下，但它也不是新鞋。

小伙伴们把新得到的礼物都安置好了。益西加措把试过的新鞋子送回自己的僧舍；才周把削笔器和彩铅放进书包；嘎玛巴桑换好腰带，把厚手套转送给了厨房的曲珍婶婶，因为她每天很早就要去菜市场买菜，再用小车拉回来，所以手套对她来说更重要；多杰则在专心地翻着字典，他要选一个寓意最美好的字送给乔帆阿姨做名字，对的，他要送给阿姨一个藏族名字，如果阿姨拥有了一个藏族名字，那就跟他们更亲近啦!

只有曲吉多吉,小鱼一直被他握在手里,他实在需要用手的时候,才把它挂在自己的腰带上。嗯,这样似乎也不错,挂在腰带上的时候,那条布鱼就像是一只鱼形的香包,虽然并不华丽芬芳,但自有一番意趣呢。

## 3

"还有一个多月,我们的藏历火鸡新年①也要来到了。我们要请乔帆阿姨和她的朋友们来我们这里过一个藏族年,大家都要为新年忙起来啦!"仁登师父跟小喇嘛们说。

"啊,太好了,乔帆阿姨要来和我们一起过新年!"小家伙们都高兴极了。

"乔帆阿姨每次来寺院都要给我们送礼物,我想,这一次我们也送她一件新年礼物,你们觉得怎么样?"多杰突然提议。

"好!"

---

① 藏历火鸡新年:藏历中的新年,采用干支纪年法,但以五行代替十天干,甲乙为木,丙丁为火,戊己为土,庚辛为金,壬癸为水,并用十二生肖代替十二地支,所以有火鸡年、水兔年等。

བདེ་སྐྱིད་ཀྱི་ས་བོན།

"好!"

"好!"大家齐声赞同。

可是,送什么呢?大家都在苦思冥想。

小家伙们一时都犯了愁。仁登师父也很高兴,说:"你们只要真心真意,送什么阿姨都会喜欢的。"

"啊,我有主意啦!"才周欢喜地说。

"哈哈,我也有礼物可以送哦!"嘎玛巴桑笑着说。

"我呢?我送给阿姨什么呢?也许,我可以送……哈,反正我有办法的。"益西加措拨着手里的那串佛珠,摩挲着那颗珊瑚珠子,美滋滋地说。

"啊,你们这么快就想到礼物了吗?"多杰挠挠头,苦思冥想了半天,突然也拍了一下脑袋,得意地笑起来。

我呢?我不知道送阿姨什么,我什么也没有。曲吉多吉没有说话,只是在心里暗暗地沮丧。


4


虽然现在是寒假,不必给小喇嘛们上课,但仁登师父却更忙碌了,因为他要为寺院里过年做各种准备。他几乎每隔一两天就要去城里买一回东西,要么就是请人来重新装饰大经堂，修缮厨房和长廊什么的，要么安排和督促小喇嘛们打扫卫生，要么就是跟曲珍婶婶商量新年正餐的菜式，噶陀活佛被村民请去念经的时候，他也要跟着。

小伙伴们做完仁登师父安排的活儿，也在私下悄悄地忙碌着，都在忙着给可亲可爱的乔帆阿姨准备新年礼物。

只有曲吉多吉，唉，他还没有找到可以送给乔帆阿姨的礼物！

## 5

风好大啊！

经幡树上那些写满了经文的彩色三角幡就像一只只狂舞的蝴蝶，像是随时要挣脱绳索，飞到天上去。大经堂门上那两只巨大的金刚结，被风吹起，敲打着暗红色的大门，"咚咚"地响，像擂鼓。

一大早，仁登师父就让曲吉多吉跟着才周和嘎玛巴桑一起打扫活佛的起居室。他们打扫得可认真了，足足干了一个上午。仁登师父特别满意，表扬了大家，午餐还让曲珍婶婶多加了两个菜。午饭过后，仁登师父让大家休息一下，才周和嘎玛巴桑回了僧舍，曲吉多吉却悄悄地从南角门走出寺院。他要独自待一会儿，好好地想一想。

离过年只有三十二天了，怎么办呢？我还是没有什么可送给乔帆阿姨，到时候，大家都要把礼物送给阿姨，只有我两手空空……阿姨会不会生我的气？阿姨自然是不会生我的气，因为她是那么善良，那么可爱。

乔帆阿姨说最最喜欢我，我知道的！虽然大家都故意说乔帆阿姨送我的礼物最不实用，但他们哪里知道，乔帆阿姨每次送给我的礼物都是最好的。她送的红叶书签是她去北京的时候亲自采摘香山红叶自制的；她送我的胡杨枝，是她从内蒙古的额济纳胡杨林带回来的；她送我的毛线袜子，那是她亲手织的。还有我的布鱼，是乔帆阿姨刚刚从沈阳的赫图阿拉带回来的手工艺品，她说鱼是吉祥八宝之一，送我小鱼，就是希望我吉祥如意……这些都是活佛私下给我说的，活佛还说，阿姨走到哪里都惦记着我，这份心意，没有谁能比！

我送一份什么样的礼物，才能配得上阿姨对我的心呢？

唉，我什么也没有。

阿妈一直生病，阿爸说我们从前留在山里寄养在姑姑家的羊都卖光了，今年的草场补助倒是刚刚发下来，但我不能跟阿爸要，那点儿钱只够阿爸阿妈过年用的。

唉，曲吉多吉轻轻地叹了一口气，手伸进宽宽的袍襟。

一分钱也没有，什么也买不了啊。

曲吉多吉已经从南门走出来，面前是一大片戈壁滩。这里视野特别开阔，没有一点儿遮拦，虽然阳光很好，但风却比其他地方更大，也更冷。曲吉多吉把肥大的袈裟裹紧，后悔出来的时候没有戴一顶帽子，从前还有一头毛茸茸的鬈发可以挡一点儿风，但现在，风来了，一点儿遮挡也没有，就像这光秃秃的戈壁滩，什么也没有，唉，什么也没有啊。

曲吉多吉静静地站着。这片荒凉的戈壁很大，望过去，视线尽头是连绵的雪山。曲吉多吉常常望着远山出神，他一直觉得远山的形状像一位躺着的仙女，西山是她的头，东山是她的脚，还有脖子、胸脯、腰身和修长的腿，都是那么逼真。此时，圣洁的仙女在熟睡，身上盖着雪狐皮做的被子，洁白而温暖。我要是有这么一个雪狐皮做的被子，送给阿姨，那该多好！阿姨就像仙女一样，她最配有雪狐皮被子了！

曲吉多吉想得出神。

"呼！呼！呼！"风声那么放肆。

"嗒、嗒、嗒"的声音叫醒了发呆的曲吉多吉。原来是脚边发出的轻响，低头一看，却是一块白色的小石头，被风吹到脚边，好像是被一条鞭子追打，当被自己的脚绊住，便急切地一次次扑打着自己的鞋底，发出了响声。

曲吉多吉抬起脚，让那石头过去。

那石头却"呼啦"一下子被风卷走，对，卷走，因为曲吉多吉也几乎被风卷起，这野风居然如此暴躁，难道是怪曲吉多吉挡了它的路吗？发起火来，形成一阵小龙卷风，曲吉多吉站立不住，只得蹲下，但还是被风吹倒了。

风，终于还是不能拿曲吉多吉怎样，气咻咻地走了。

曲吉多吉还在原地，啊，那块扑打他鞋底的小石头也在原地，它不是被卷走了吗？怎么又回来了？

曲吉多吉仔细地端详着那块洁白的石头。椭圆形的，最下端有几道交错的灰线，这些线，可能是一幅画，也有可能是一个什么汉字，但曲吉多吉并不认得。

其实它就是一块最普通的石头，这样的石头，就这一片戈壁滩上起码能装几大卡车。不过当曲吉多吉把它捡到自己的手心里的时候，那块石头就不普通了，因为，曲吉多吉突然就有了一个想法。

我和这块石头是有缘分的呢，如果我不到这里，就遇不到它，如果它不扑打我的鞋子，我就发现不了它，如果不是遇到这小小的龙卷风，它就不会留下来。但一切都发生了，我来到了这里，遇到了它，它轻轻地叩响我的鞋子，就是在跟我说话："嗨，你好！"

曲吉多吉心情激动起来，他紧紧地把这块小石头握在手心里，跑回寺院。

他要把这块石头当作礼物送给乔帆阿姨，当然，不能这样送出去。

是的，我要让这块石头装满我的祝福再送给阿姨！我要为阿姨念十万遍六字真言：ཨོཾ་མ་ཎི་པདྨེ་ཧཱུྂ།（唵嘛呢叭咪吽）。

仁登师父讲过，藏传佛教萨迦派大师索南坚赞在《六字明功德颂》中记载："ཨོཾ（唵）"能消除天界生死苦，"མ（嘛）"能消除非天斗争苦，"ཎི（呢）"能消除人间生老病死苦，"པདྨ（叭）"能消除畜生役使苦，"མེ（咪）"能消除饿鬼饥渴苦，"ཧཱུྂ（吽）"能消除冷热地狱苦。我要为这块石头念十万遍六字真言，把十万个祝福送给阿姨，为阿姨免去一切苦难，让她平安幸福生生世世！

曲吉多吉双手合十，指尖抵住额头，那块小石头就在他的双掌之间。

"ཨོཾ་མ་ཎི་པདྨེ་ཧཱུྂ།"曲吉多吉开始了第一遍的念诵。

"ཨོཾ་མ་ཎི་པདྨེ་ཧཱུྂ།"曲吉多吉接着念了第二遍。

"ཨོཾ་མ་ཎི་པདྨེ་ཧཱུྂ།""ཨོཾ་མ་ཎི་པདྨེ་ཧཱུྂ།""ཨོཾ་མ་ཎི་པདྨེ་ཧཱུྂ།"曲吉多吉不停地念诵着。

他用脖子上的佛珠计数，念一遍拨一粒珠子。为了计数，曲吉多吉用一根短线系在珠绳上，念一百遍就用细线隔起一颗珠子，念一千遍便把细线系在母珠底下的弟子珠上，念一万遍就在被称作"计数器"的串子上做个记号。这种计数方法是仁登师父教的。

6

曲吉多吉脸上终于有了笑容。自从开始了第一遍的念诵，曲吉多吉就不再停下，穿衣、走路、打扫，即使是在做仁登师父安排的工作，他都在默默地念诵经文。休息的时候，曲吉多吉会虔诚地跪在大殿的四臂观音莲台之下，把小石头合在掌心，痴心念诵着那充满了奇异力量的"ཨོཾ཈ིཿ཈ི཈ོཿ"。

要努力啊，十万遍，那是一个很巨大的数目呢！

大概是那天吹了风的缘故，晚上曲吉多吉就开始流鼻涕，嗓子发痒，但他并没有在意，他的心灵和意念都用在加持那块小石头上了。直到第三天晚上，曲吉多吉满脸通红，浑身打起冷战，同屋的才周才请来了仁登师父和噶陀活佛。

"哎呀，怪我忙得没顾上留意他，这傻孩子，怎么不给我说呢！"仁登师父又是心疼又是自责。

曲吉多吉真的生病了，全身发烫。在迷迷糊糊之中，嘴里却一直不停地念着六字真言。

"我的小曲多很用功啊，在念经呢！"噶陀活佛慈祥地拉起曲吉多吉细弱的胳膊，给他把脉。噶陀活佛的医术是在拉卜楞大寺里学的，听说他的老师是一位了不起的藏医。为了学医，噶陀活佛曾经在拉卜楞大寺里待了差不多三年呢，所以，寺院里的人病了都是他亲自出诊开药方，当然，村子里有人生病了，也大多来找噶陀活佛。

"我的小曲多，放轻松啊，把手伸开，让活佛给你切脉。"仁登师父温和地说。

"怎么了？可怜的小曲多，来，放手吧！"噶陀活佛轻轻拍拍曲吉多吉的左手。

曲吉多吉的左手摊开，一块洁白的小石头，温乎乎、汗津津地出现在大家的眼前。

"哦？一块小石头，小曲多，为什么要总是握着一块小石头舍不得丢掉？"噶陀活佛笑着说，"好吧，好吧，我的小曲多，如果它那么好，那你就一直握着吧。"噶陀活佛把好脉，又摸了摸他的额头，就离开了曲吉多吉的房子。

仁登师父带着噶陀活佛开的药方去了一趟村子里的药店，买来药之后，一样样地分给曲吉多吉吃，守着他喝了很多开水，然后督促他钻进被窝，又给他加了一床棉被，让他好好地睡一觉。

仁登师父走了，曲吉多吉接着诵经，可是，还没念几遍瞌睡虫就来捣乱，努力清醒一小会儿，又迷糊起来，到底念了多少遍？曲吉多吉记不住，重新计了好几回数，可总也记不清楚。哎呀，曲吉多吉真是有点儿恼火呢，不过，他并没有懊恼太久，因为他很快就睡着了。


## 7


今天，就是藏历火鸡年，正好和农历丁酉年的二月初二龙抬头这一天重合。

太阳那么明亮，天空如此湛蓝。只是，风大。

噶陀寺的小喇嘛们比平时早起了一个小时，换上了新袈裟，显得格外精神。

噶陀活佛和仁登师父比他们起得更早，等小家伙们收拾利索之后，活佛主持煨桑仪式，他把松柏枝放到煨桑台里，念了祈福经，点燃。仁登师父就带着小喇嘛们一边念诵经文，一边把准备好的青稞、糌粑①、白糖等撒进煨桑台里。

———————————

① 糌粑：藏族传统主食，青稞炒面。

青色的桑烟袅袅地飘着，松柏枝混着青稞的香味飘满了整个寺院。

今天的噶陀寺焕然一新。一个月前仁登师父就开始请人来重饰寺院了，尤其是大殿和小经堂，还有噶陀活佛的起居室、小喇嘛们的教室、僧舍、厨房都重新布置了，大到给佛像镀金，小到给大门门环换上新的彩色金刚结，处处都是新鲜的、美丽的！新年啊，一切都是那么吉祥美好。

在噶陀活佛的带领下，大家一起走进华丽的大殿，给各位菩萨磕头行礼，然后依序跪坐在软绵绵的新布垫上念经。

念完经，活佛又带着大家去寺外的经幡林里挂了新的经幡。

虽然天气很冷风很大，但小家伙们个个都很兴奋，因为做完这些以后，亲爱的乔帆阿姨就会来了。

只有曲吉多吉有些不安，因为十万遍六字真言，还有近三千遍没有完成呢！

十点多钟的时候，大家盼望的贵客乔帆阿姨终于来到了。阿姨带着她的朋友们，一共有六个人。

噶陀活佛带着大家迎上去不停地说："罗萨①扎西德勒！"并为大家献上吉祥的哈达。小喇嘛们立即回来摆上各样的美

---

① 罗萨：藏语"新年"的意思。

食，除了汉族人常见的各种糕点小吃，还有各色水果、干果、糖果，当然，还有曲珍婶婶特意为大家做的糌粑和羊肉、蕨麻糕、酸奶，还有炸得金黄酥脆的卡赛①，这些美食把长长的藏式茶几占得满满的。

节日的欢聚开始了，活佛给每个人行摸头礼念祈福经，然后给每个人分糌粑，这也是藏俗，新年的第一口食物一定要吃糌粑。

大家兴致勃勃地品尝着各式美食。然后，小家伙们开始给乔帆阿姨送礼物。

"阿姨，这个，送给您!"才周在一张很大的纸上，画了一尊大佛，这是他送给阿姨的礼物。

"天啊，才周，你真是一个天才!"阿姨看着才周送她的画，欣喜地赞叹着。

"嗯，才周有画画的天分，过了年，要把才周送到黄南州去学绘唐卡呢!"仁登师父说。

"去啊，一定要去! 才周会成为真正的唐卡大师。"大家附和着发表一致的看法。

才周有点儿害羞，但脸上写满了自豪和得意。

---

① 卡赛：用酥油、菜油等炸制的各种面食，有耳朵形、蝴蝶形、条形、方形等多种形状，是藏历新年必备的小吃。

"乔帆阿姨，这是我送给您的礼物！"益西加措恭敬地递给阿姨一只小锦盒。

"啊！一颗珊瑚珠，好漂亮！"乔帆惊喜之余有些不忍，"哎呀，这有点儿贵重呢！阿姨可不敢要啊！"

"收下吧，阿姨，这是我从我的佛珠上面取下来的，这串佛珠还是我爷爷送给我的呢！你看，这样的珊瑚珠子，我还有两颗呢！"益西加措把自己脖子上的挂珠托起来给乔帆阿姨看。

大家送给乔帆阿姨的礼物，多么好啊！

曲吉多吉悄悄地离开了餐桌。

还有最后两千遍，一定要念完的，阿姨要到下午才离开呢，要加油。

曲吉多吉悄悄去了大殿，他恭敬地跪在四臂观音脚下，磕了头，把小石头合在双掌之间，静心念起了六字真言。菩萨一手持佛珠，一手持莲花，前面的两只手合十在胸前，双掌之中也握着宝物，她慈祥地看着莲座下这个小小的人儿。

噶陀寺的新年过得真热闹啊。嘎玛巴桑送给阿姨的礼物是他的歌声，他练习了很多藏族歌曲，此时正一首接一首唱给阿姨和客人们听，大家都被他的歌声迷住了，居然没有发现曲吉多吉的离开。

在嘎玛巴桑的歌声中，多杰也把自己的礼物送了出去——

他亲手为大家煮的藏族新年的传统美食"古突"。"古突"是藏历年最具代表性的传统美食，就像我们汉族人过年要吃饺子一样。但"古突"的样子却和饺子大不相同，倒是和汉族的八宝粥有九分相似。但"古突"是"九宝粥"，是用肉、米、面、青稞、酥油、蕨麻等食材熬煮成的稠粥，当然，"九宝"根据条件和情况不同可以调换，比如有加糌粑的，也有加糖或者豆子的，但必须凑够九种，取幸福绵长、富足美满之意。而且吃"古突"的时间也不是在大年初一，而是除夕夜。今天是因为招待乔帆阿姨，所以，大家在除夕吃过"古突"之后，今天又重新煮的。多杰用仁登师父前些天新买的八宝碗给每一个人盛上"古突"，还给大家讲了"古突"的来由和做法，得到大家又一轮的赞叹和欣喜。

大家在这一天里过得特别开心和幸福。

真的都不想结束呢，但太阳已经开始西沉，要说再见了。

8

"阿姨！乔帆阿姨！"曲吉多吉跟在汽车后面拼命地跑，拼命地喊。

"曲吉多吉追来了。"开车的叔叔在后视镜里看到了奔跑的曲吉多吉，停下车子。那瘦小的身体在寒风中跑着，像一只被吹起来的小风筝，那肥大的僧袍里鼓满了风，又像一只绛红色的大气球，有点儿滑稽。

"阿姨，等等！"曲吉多吉还在跑。

乔帆跳下车子，迎上去。

"小曲多，怎么了？"乔帆蹲下去，一把扶住跑得快要断气的曲吉多吉，抚着他的后背。

曲吉多吉只是喘，说不出话来。那瘦小的身子在风中起伏着。

终于等到曲吉多吉气顺了，他仍是低着头，明明是有话要说，却半天也不开口。大概是在风里跑的缘故，清鼻涕都流出来了。曲吉多吉抬起胳膊，用袖子抹掉鼻涕。乔帆阿姨却从口袋里拿出纸巾，给他细致地擦掉鼻涕，又把一小包纸巾塞到他的袍襟里。曲吉多吉红着一张小脸，一副难以启齿的模样。

"哎呀，我的小曲多，怎么害羞得跟个小姑娘一样？有什么事就跟阿姨说吧！"乔帆阿姨笑得那么温柔明媚，即使风把她的头发吹得很乱，也是美美的。

曲吉多吉还是不说话，只是低着头。风把他那肥大的僧袍吹得"呼呼"直响。

"哈哈，曲多怕是要挽留我们吃晚饭吧！"乔帆阿姨打趣着曲吉多吉。

曲多羞涩地笑一下。

"阿姨！这个，给您！"曲吉多吉终于还是摊开手掌，像是下了很大的决心，把那块洁白而光滑的小石头伸到乔帆的面前。

"送给我的？"乔帆有些意外。

那是一块多么普通的小石头啊！任何一个戈壁滩或者河床上都能捡到成千上万这样的小石头，但这块普通的小石头又是那么不普通，除了格外光滑、格外洁白以外仿佛还有一种令人捉摸不定的灵透之气。

"阿姨！"曲吉多吉仍是低着头，声音很小，"阿姨，我……我……我只有一块石头。"

我只有一块石头。

瘦小的小喇嘛曲吉多吉，什么也没有，他只有一块石头。

乔帆阿姨把石头接过来，握在手心里，把曲吉多吉紧紧地抱在怀里，轻声说："我的小曲多，谢谢你。"

9

乔帆阿姨坐的车子很快消失在风中。

"ཨོཾ་མ་ཎི་པདྨེ་ཧཱུྃ།"仍伫立在风中的曲吉多吉又念了一遍六字真言，这是第十万零一遍。

# 德吉的种子

# 1

“德吉，发芽了吗？”

“还没有。”

“还没有发芽吗，德吉？”

“还没有。”

“天啊，德吉，你的种子还没有发芽吗？”

“是的，还没有。”

当小伙伴们再次问他这个问题的时候，德吉的回答有点儿像叹息，那失落的意思很明显。听出德吉的沮丧，小伙伴们便连着好多天也不再问他这个问题了。

“德吉，还是没有发芽吗？”这天，午饭的时候，噶陀活佛也不经意地问德吉。德吉把嘴里的饭粒咽下，恭敬地回答：“可能是我浇的水太少了吧！”

“哦？那你浇了多少水呢？”噶陀活佛放下碗来，认真地问。

“每天早晨浇一桶，晚上浇一桶。”

“不对啊，有时候，德吉中午也会去浇一次。”快嘴的索南抢着说。

噶陀活佛和仁登师父对视一下，居然笑了。仁登师父说：“德吉，也有可能你浇的水太多了吧。”

“小马说过，小芒果是热带水果，喜欢热，喜欢水。咱们这里不热而且水也少，所以要多浇水。”德吉小声地说。

“哦。”仁登师父和活佛再次笑了笑，不再说话。

## 2

一个多月前，噶陀活佛的朋友谢英带着他的儿子谢小马来访寺院，带来几小筐水果：一筐苹果，一筐橘子，一筐香蕉，还有一筐……

“咦？这是什么？香香的！”德吉看到最后那只筐子里那些黄澄澄的扁圆小果子，使劲地吸吸鼻子。

“你没吃过吗？”

“没有。”德吉老老实实地回答。

“这是小芒果。”谢小马说。

德吉拿起一只小芒果放在鼻子下使劲儿地闻了闻。

"那你尝尝，很好吃。"谢小马也拿起一颗小芒果，立即就要剥皮让德吉尝鲜。德吉却赶紧放下手里的小芒果，说："菩萨和活佛都还没有吃呢！"

谢小马也赶紧把小芒果放回筐子里。

噶陀活佛和仁登师父给谢英和谢小马献上洁白的哈达，表示祝福和谢意。噶陀活佛让小喇嘛们把水果供到大殿，然后邀请谢英到小起居室里喝茶，仁登师父便去厨房交代为大家准备午饭。

直到晚饭过后，仁登师父才把水果端上桌子，小德吉终于品尝到了小芒果的味道。

3

小芒果就像个有魔力的小妖精，把德吉深深地迷住了。

离老远都能闻到那浓浓的香味，轻轻地剥开软薄的皮，里面杏黄色的果肉肥美多汁，香浓馥郁，咬上一口，哎呀呀，心里便像流过一泓春水，甘美，醉人。

那天大家一起享用了之后，剩下的小芒果都被分给了小喇嘛，每人分到七颗。仁登师父见德吉这样喜欢，就把小筐里剩下的那两只也给了他。

德吉准备把小芒果放到一只小铁盒里。

小铁盒是一只饼干盒，四方形，浅蓝色，上面画了粉色的鱼和绿色的草。这只小铁盒一直被德吉放在一只大纸盒里。这只大纸盒是德吉的百宝箱，重要的或者喜欢的小东西都会放在这里面，比如一个玛瑙的小佛像、一个彩色的金刚结、几块形状各异的石头、几页别人看不懂的藏文经卷，等等。这只漂亮精致的小铁盒也是德吉的心爱之物，但里面一直是空的。现在，德吉把它从大盒子里取出来，用来装这九只小芒果。

盒子小，九只装不下。

吃了一只，盒子还是装不下。

再吃一只，勉强可以装得下，但显得挤。

如果再吃掉一只，剩下的六只小芒果就可以舒服地待在盒子里，一点儿也不挤了。

德吉把这只芒果送给同屋的益西加措，因为他觉得自己吃得够多了。

益西加措似乎并没有像德吉那样特别喜欢小芒果，囫囵地吃过之后，把芒果里面那片核儿顺手丢在窗台上，核上还连着一些橘色的果肉。德吉本想提醒益西加措把芒果吃得再干净一些，可是益西加措那家伙已经丢下果核跑出门去了。

如果再少一个，大概盖子会盖得更轻松一些。

德吉拿了一只小芒果到隔壁，想送给嘎玛巴桑，但嘎玛巴桑却把他推出来，然后指着自己那红肿的嘴巴说："天啊，快拿走吧，就是它害得我的嘴巴变成了这个样子！"

德吉看着嘎玛巴桑那肿起来的嘴巴，想笑，又马上忍住，退回了僧舍。

自己吃了吧？这么香喷喷啊！德吉把小芒果握在手里，它太好了，舍不得吃掉。

最后，德吉还是把小芒果放回盒子里。


4


六只小芒果，在小盒子里放了两天之后，皮开始发皱，但香味更浓了。每晚入睡前，德吉就把小芒果放到枕头边上，让那特别的香味伴自己入眠，连梦都是甜的。

同屋的益西加措也常常凑过来，使劲地吸吸鼻子，说："好香啊！"这个时候，德吉总是想伸手去拿出一只小芒果，送给益西加措，却又往往缩回手去，因为益西加措只是闻一闻就掉头上床开始打呼噜。

六只香喷喷的小芒果在小盒子里待到第四天，颜色开始变得暗淡。

又过了两天，周日，大家都不用上课。仁登师父来检查大家的宿舍卫生时，在德吉的床前闻到了芒果的味道，他觉得有些好奇，德吉便把装小芒果的小盒子拿给仁登师父看。

啊，小芒果身上已经全部长满了难看的黑斑，就像耄耋老人脸上的老年斑，一块连着一块，难看且没有了生机。

那醇醇的香味，也变得有些怪异了。

"德吉，这些小芒果，你怎么没有吃掉?"仁登师父问德吉。

"吃掉了，就再也不会有香味陪我了。"

这个傻德吉，水果又不是石头，可以永久保存。这幸而还是在干爽的高原，要是在又阴又湿的南方，大概两天就比这个样子还要糟糕。

德吉的脸有点儿红，心里尽是懊悔，眼里全是心疼。这么好的芒果，现在都坏了，多么可惜。

德吉望着这六只长了黑斑的小芒果，不知如何是好，香味还是有的，但不新鲜了，没精神了，样子也不明亮了。

德吉的眼泪掉了出来。几个月前，德吉的小狗走丢了，找了好几天也没有找到的时候，德吉也是这种感觉，很伤心，掉了眼泪。现在这些小芒果也要离开他了，就像那走丢的小狗。

要是永远有小芒果陪伴，那该有多好!

可是，怎样才可以永远有小芒果相伴呢？

我要是有一棵芒果树，那该多好！

芒果树！这些芒果的种子，是不是可以种下？！

## 5

德吉准备自己种芒果，但这个想法他没有给任何人说。

怎么种？

用种子啊！

可是，种子在哪里呢？

德吉盯着这六只不新鲜的小芒果看了很久，想了半天，不知如何是好。水果的种子大多是被果肉包裹的，那么，芒果的种子是不是也在果肉里呢？

一定是的，因为吃完了果肉之后，总是会有一片果核，虽然那并不像其他水果的种子那样饱满，但或许，小芒果本身就是要这样与众不同呢！

想到这里，德吉对着自己羞涩地笑了，他觉得自己还从来没有这样聪明过。

德吉把坏掉的小芒果一只只地放到水管底下，很细心地把曾经的美味、此时却已经半腐的果肉清理干净。

德吉捧着六片牙白色的果核，心情激动，因为，在清理果核的时候，他有了一个新的发现，他发现这些看上去扁平的果核，居然有一个小鼓包，那小小的鼓起的小家伙，一定就是真正的芒果的种子！

这个发现令德吉兴奋。

可是这个发现又令德吉很为难。

是就这样连着外壳种下呢，还是把外壳去掉，把里面的小种子取出来再种呢？

德吉在这个问题上也纠结了一阵子，又过了几天，德吉终于还是想到了办法。

不是有六颗种子吗？那么，我种三只带壳的，种三只不带壳的。

种子的事情终于定下来了，接下来，选一个好地方播种吧。

最开始的时候，德吉想把它们种在煨桑台前面，但很快就打消了这个念头，芒果树长大了，会挡住煨桑台，噶陀活佛和仁登师父肯定会不高兴的。种在大经堂外面？也不行啊，等芒果树长大，会挡住菩萨的视线。种在宿舍楼前？也不行，那里人来人往，说不定还没等到它发芽，就被人踩死了。种在杨树旁边吧？那里很安静，而且，有伴儿，小芒果树长出来的时候，有这么多小杨树陪着，也不会孤单。

德吉在小杨树的南边，选了一片小空地，挖了六个小坑。小土坑不深也不浅，而且排列得很整齐。这就是芒果种子的家了，从此它要在这里生根、发芽、抽叶、开花、结果，所以，要整齐漂亮，不可以马虎。

小伙伴们好奇地跑过来，知道德吉在种芒果，索南和益西加措也显得很兴奋，帮着德吉挖小坑。

没心没肺的嘎玛巴桑显得不以为然，甚至有些抗拒："哎呀，为什么要种这个家伙呢，吃了嘴巴都要肿的。"

"哈，你吃了嘴巴肿，可我们都觉得好吃呢！"益西加措说。

"就是啊，快来帮忙吧！"索南也说。

"算了吧，我才不会帮忙种这让人嘴巴变丑的小坏蛋呢。"嘎玛巴桑挠挠头，转身就跑了。

不过，没过一会儿，他又回来了，手里还提了半桶清水，准备着种好芒果之后浇上。大家都在忙乎着，他还是要跟着参与一下比较好啊！

六只芒果种子都在这一小片土地里安了家，益西加措突然想起来自己吃过的那片小芒果核，还在宿舍的窗台上呢，他转身去取了那片果核，一共有七片啦，一起种下吧！

6

仁登师父说有可能是水浇得太多了，那么，是不是真的呢？要不要少浇？还是今天干脆不浇了？

德吉提着水桶，站在那七个小小的土坑前。平常他都是毫不犹豫地把水浇进土里，这会儿，德吉提着沉甸甸的水桶犹豫着。

噶陀寺面积并不是太大，格局也不复杂。因为不复杂，所以整个寺院看上去甚至有些简陋。四四方方的一个大院子，南北两面是二层的小楼，楼上楼下是大小布局差不多的屋子，有几十间之多。坐西朝东的是大经堂，大经堂高出南北二层几米，看上去很高很大，里面供奉着释迦牟尼镀金的坐像，绿度母、白度母和四臂观音像。院子中间有一个煨桑台，煨桑台前有三根高高的旗杆，靠东的半片院子里种满了小杨树。这些树是两年前才种上的，所以并不算茂盛。当然，这一排排整齐的绿，还是给整个寺院带来了美丽和生机。

德吉的芒果种子就种在这些小杨树的南面。

德吉没有见过芒果树的样子，但他想，芒果树一定很高大，叶子很茂盛，花开得很大，果子结出来的时候，一个挨着一个……可是，德吉难以想象的是，果子是结在树干上还是树枝上，是成串呢，还是成堆呢，或者是一个个地单独生长呢？

"德吉，你浇，还是不浇呢？"益西加措看德吉提着沉甸甸的水桶站在那里发呆，走过来问他。

"我也不知道。"德吉挠了挠头，"噶陀活佛和仁登师父都说我水浇得太多了。"

"那就不浇了。"

"可是我感觉它们需要很多的水。"

"那就浇上。这是你的种子，你的树，你觉得它们需要，它们就需要！"益西加措说。

嗯，我的种子。

"哗——"

德吉把桶里的水浇到了那埋有七颗芒果种子的地上。

"益加，你说芒果树长大了会是什么样子？"德吉看着浇上的清水一点儿一点儿地渗进土里，有些出神。

"我哪里会知道，我没有见过芒果树。我们老家的山里或者草原上也从来不长这样的树。"益西加措说。

"是，我也没有见过。"德吉说，"不过，要是这七颗种子发芽，长大，开花，结出小芒果，我们就知道它是什么样子了。"

"我去年跟仁登师父去过农场，见过草莓。我以前觉得草莓都结在树上，但见过之后，我才知道，原来它们是长在很矮的草上。这些小芒果比草莓大不了很多，我想，也许它们也长在草上吧。"益西加措说。

"不可能！芒果一定是长在很高很高的大树上，晒到很多太阳，所以，它的颜色才那么明亮，它的味道才那么甜。"德吉固执地说。

"德吉，你觉得这些种子能发芽吗?"过了一会儿，益西加措有些犹豫地问。

德吉没有说话，他没有回答益西加措的问题，因为他也不知道这些种子到底会怎样，毕竟差不多二十多天过去了，这些种子依然像在冬眠一样，毫无醒来的征兆。

德吉的种子为什么不发芽?

寺院里的每个人都在想这个问题，包括噶陀活佛和仁登师父。

"活佛，您在看什么呢?"仁登师父轻声问。

"呵呵，我看德吉又在浇水呢！"噶陀活佛回过头来，"你说，那种子能发芽吗?"

"啊，也许只有佛祖知道吧！"仁登师父笑着说。

123

种子会不会发芽？什么时候发芽？没有人说得清楚啊，因为在这个寺院里没有人种过芒果。甚至有好几位和德吉一样还是第一次见芒果、吃芒果。

7

"德吉，它们需要点儿肥料吧？"益西加措小心地提出建议。

"我不知道，也许需要。"德吉回答。

"那我们就试下吧。"益西加措显得很热情，"我们去村里的拉姆姐姐家弄点儿牛粪吧，村子里只有她家养了两头牛。"

"嗯，现在就去吧。"德吉拉着益西加措就要走，能够为这些沉默的种子做点儿什么，是多么开心的事啊。

8

"德吉，它们需要一个凉棚吧？"索南说。

它应该是喜欢太阳的啊！

可是，也许，我们高原的阳光太过于强烈了，把这些小小的种子吓得不敢露头了呢！

德吉找来几根木棍和一条破旧的僧裙，搭起一个小小的凉棚，高原那扎人的阳光便不再直射这七颗珍贵的种子了。

9

"德吉，要不然给它们唱个歌吧，它们大概是睡着了，说不定，听到歌声，它们就会醒来。"多杰说。

好的，那我就给它们唱歌。

德吉张了张嘴，声音还没有发出，脸先红了。对着几颗看不到的种子唱歌，这感觉多少有一点点儿怪啊。

"嘎玛巴桑，嘎玛巴桑！"德吉站在种子旁边冲着宿舍那边喊。

"怎么啦，德吉？"嘎玛巴桑远远地回答。

"我想求你帮我办一件事，可以吗？"

"什么事？"

"请你帮我来唱几首歌。"

"啊？"嘎玛巴桑快速来到德吉面前，"唱什么歌？为什么要唱歌？"

"我想请你给我的种子们唱几首歌。它们可能是睡着了，你的歌唱得最最好了，听到你唱歌，也许它们就会醒来，就像曲珍婶婶一听到你唱歌就会情不自禁地跳起舞来一样，说不定明天它们就能发芽了……"

"哎呀，可怜的傻瓜德吉，你大概真的是傻了吧，它们听到歌声，就会发芽？这怎么可能！"嘎玛巴桑觉得德吉的想法有点儿可笑，他拒绝为种子唱歌。

"拜托你了……"德吉仍然请求着。

"哎呀，我的傻德吉，如果我也跟着你异想天开，别人是不是也会嘲笑我是个傻瓜？还是不要唱了吧！"

这时，大家看到仁登师父向这边走来，嘎玛巴桑立即迎上去，跟仁登师父说："仁登师父，这个德吉大概是疯了，他请我给种子唱歌。"

仁登师父轻轻地笑了笑，对嘎玛巴桑说："那你就唱吧，地下的种子说不定真的会被你的歌声迷住呢。"

嘎巴马桑认真地看了看仁登师父的脸，发现他的话里并没有促狭调侃的意思，说得那样真诚——居然连仁登师父也相信种子会听到歌声。嘎玛巴桑沉默了一会儿之后，决定给种子们唱歌。

一连几天，嘎玛巴桑都会给种子们唱歌。

还有两天，仁登师父也在，而且还为种子们念了祈福的经文。

བདེ་སྐྱིད་ཀྱི་ས་བོན།

可是，那七颗贪睡的芒果种子，还是没醒来。

## 10

再过几天，就是中秋节了。这是汉族人的节日，不过这几年村子里的藏族人也跟着过这个节日，买月饼，去城里玩一天，再吃点儿好吃的，甚至还有的一家人去订上一桌饭菜，也学着汉族人那样"团圆"。

但在寺院里，没有节日的概念，只是感觉天气已经变凉，仁登师父嘱咐小家伙们把厚衣服穿起来。

浇水、施肥、遮阳、唱歌、念经，德吉悉心地看护着他的种子。

什么也没有用，种子依然没有发芽。

天已经冷了，尤其是晚上，最冷的时候，气温都到零度以下了。芒果种子身边的小白杨叶子全部黄了，有好几棵的枝丫几乎已经光秃秃了。

再不发芽，地都要上冻了。

德吉开始伤心，他的热情，他的盼望，他的憧憬，慢慢地变成了失望。

德吉把种子们的凉棚取掉。

德吉手里拿了一把小铲子。

德吉决定把种子们从土里取出来，他想看看它们是什么样子，他想知道为什么它们不发芽。

益西加措和多杰也跟在德吉身后，他们也想看看这些不听话的种子到底为什么这样不近人情。

三只去掉了外壳的种子已经腐烂，几乎成了泥土。那四只带着外壳的种子全部变成了黑色，且生着霉病。

11

"是我害了你们。"德吉看着手里的种子，心里懊丧极了。

种子不会再发芽了，不会见到芒果树了，更不会见到那些结在树上的黄澄澄的芒果了。

充满了生机的小芒果，一开始在我的盒子里失去了新鲜，不，最开始是离开了树枝，就好像孩子们离开了妈妈那样。然后被我放在盒子里变烂，失去香味。后来，我又把它们埋进黑暗的土里，不见光明，是啊，我本来是期盼着它们能够破土而出，重新看到阳光，但它们却一直待在黑暗之中，直到现在。现在，它们彻底，彻彻底底地失去了生的希望，永远。

"唵嘛呢叭咪吽！"德吉握着那七颗霉腐的种子，念了一百遍六字真言。

然后，他流着泪，把那些从杨树上落下来的叶子扫到一起，点燃，再把那些腐变的芒果的种子放进火里。

## 12

"哎呀！我们居然忘了提醒德吉，现在是秋天，这应该不是种芒果的好时候吧！"这天早晨，吃早饭的时候，噶陀活佛突然抬起头来，对仁登师父说。

"啊，这个，这个应该，应该是个最重要的原因了……"仁登师父一时也愣了。

那么，要不要把活佛的发现告诉德吉呢？仁登师父一直在心里纠结着这个问题。

# 涉水而来

# 1

天刚刚亮，阿妈就赶着羊群出门了。

更嘎已经两天没有跟着阿妈去放羊了，他留在家里，因为两天前从山里捡回来的那只受伤的藏原羚需要他照顾。

阿爸去曲麻莱县城了，那里住着更嘎的爷爷和奶奶。阿爸隔一段时间要给他们送一些新鲜的酥油和牦牛肉，然后再从县城里带一些日用品回来。不过阿妈说，阿爸今天应该就会回来了。

一片雪花，丝丝的凉。

更嘎抬起头，望着阴沉沉的天空，冰清玉洁的雪花开始在空中密密地绽放起来。

"如果真的下雪，你也不用担心，我会赶着羊去我们南山的那个旧羊圈，那里还有我们以前用过的炉子和剩下的干牛粪。如果你阿爸今天回来，他要来找我，就让他去那里。"

更嘎想起阿妈临走时交代的话，心里便不那么担忧了。

更嘎把干牛粪丢进炉子里，点着，放上一只铜锅，锅里加上一点儿水，再把昨天剩下的熟羊肉放进去，又从黑色的陶罐里捏了一点儿盐巴。嗯，煮饭不能马虎，阿妈交代过，要好好地吃东西。

漂亮的彩色火苗欢快地舔着锅底，不一会儿，锅里的水就开始唱歌，羊肋条在滚水里轻快地跳起舞来，肉的香味弥漫在孤单的黑帐篷里。

更嘎取出暗褐色的木碗，放进一把青稞面和一小块酥油，提起铜壶倒进一点儿温水，又捏了一撮白砂糖和曲拉①，一手执碗一手在碗里揉捏，很快，香甜的糌粑就捏好了。把锅里的肉捞出来，更嘎开始享用美味的早餐。

藏獒僧札凑过来，因为小主人也把它的食盆盛满了肉汤，并把厚厚的烤饼掰碎泡进汤里，当然还有美味的肉骨头。

"吃吧，僧札！"其实还没有等更嘎招呼，僧札已经把那颗巨大的头颅凑过去，"吧嗒吧嗒"吃得欢实极了。

受伤的藏原羚蜷在炉子旁边一块旧的氆氇毯子上，一动也不动。它的伤口刚好在它的脖子旁边，并不太严重，而且已经不再流血，但它看上去一副很衰弱的样子，尤其是刚被

---

① 曲拉：指打酥油时剩下的奶子，俗称"奶疙瘩"。

带回来的时候，僧札吃饭的动静好像都会让它发抖。看这情形，肯定是被狼或者大鹰追过，显然是受到过比伤口更致命的惊吓。

更嘎把糌粑掰成小块，放到藏原羚嘴边上。那里还有一些新鲜的草，但这香喷喷的美食并没有唤起小羊的食欲，它依然蜷缩着一动不动。"吃点儿东西吧，可怜的小家伙。"更嘎无限怜爱地抚着小羊的脊背，轻声地说。

阿爸阿妈同时不在家的时候并不太多，但更嘎还是很习惯地做着这一切。雪山原野之间长大的孩子，学到的第一样本事就是照顾自己，然后才学习怎么放牧羊群。

只一顿饭的工夫，帐篷外面的世界就变了样子，山和原野已被薄雪覆盖，绿色的原野已经变成浅白色。不过，帐篷前面的那条季节河，仍然唱着歌流向它自己选择的方向。

更嘎透过混杂着雪末的空气，看着这个孤旷的世界。

雪花像一只只玉蝶漫天飞舞，清澈的河水在原野上悠然流淌，河对岸那条世界上海拔最高的孤单公路，依然那样忙碌。从西向东，或者从东向西的汽车，仿佛永远也没有想要稍稍停留的意思。公路更远处是常年积雪的大山，大山更远处是什么，更嘎不知道，他没有去过。

不过，阿爸说了，等他这次回来，就要送更嘎去城里的

姑姑家，在那里等上些日子，就可以读一年级了，那时候，
或许，就可以知道大山的更远处是什么样子了。

2

没有想到，这盛夏的雪，居然也可以下得如此气势汹汹。

整个原野几乎完全看不到绿色了，更嘎的黑帐篷也变成
了白帐篷。除了那条河，除了那条路，世界仿佛全都静止了。

僧札是个淘气鬼，它在帐篷四周的雪地里撒欢，把平坦
无痕的雪地，踩得乱七八糟。地上的浅草和白雪都像在生僧
札的气，总是绊它的脚，有三次僧札都差点儿被绊倒，幸好
那家伙身手矫捷，始终没有摔倒。

"僧札，你就不能安稳点儿！"更嘎轻轻地责怪着僧札，
但他自己也忍不住在雪地里跑了几圈，让那冰凉的雪花落在
脸上、额头上，清凉的风比雪花还要调皮，钻进更嘎的粗羊
皮袍子，像挠着他的痒痒，更嘎不由得笑起来。

咦？

对面的路上，似乎发生了一点儿不平常的事。

那些从来也不肯停歇的汽车，为什么都停了下来？

开始是一二辆，接着成了一小串，而且陆续还有汽车也

不得不停下。一些人从汽车里走出来，前前后后地跑着。

他们在做什么？为什么要停在这里？

更嘎好奇极了。

"僧札，路上发生了什么？"更嘎问他的好朋友僧札，但他的朋友却只会说："汪，汪，汪汪汪！"

僧札朝着河对岸，大声地叫起来。

更嘎想看清楚对面的情形，但事件的源头仿佛正好在公路的弯道处，看不到。

更嘎走过帐篷外面的那一小片覆雪的草地，来到河边，又沿着河流逆行，走了差不多半公里。在不明亮的天光中，更嘎看见在河对岸的路弯处，几辆汽车连环碰撞，其中有一辆已经偏离公路且翻到了公路边的小斜坡下，还有两辆车的车头和车头呈"顶牛"的样子，横在公路中间，就像两头发怒的牦牛，互不相让，而两头"牦牛"的后面，各自堵上了一串汽车。


3


雪越下越大，天越来越阴沉，可见度越来越低，尽管时间正在趋近正午。

更嘎看到，公路上的汽车越堵越多，还有一些混乱的人影在来来回回地跑动，偶尔，那些喊声和嘈杂声可以传过河来，他听到了，但他听不懂他们在说什么。

更嘎只能听懂藏语。

更嘎默默地看着对岸，除此之外，他似乎什么也不能做了。


4


阿爸回来的时候，是下午。

阿爸和他的马都被白雪包裹着，看上去像是走了很远的路。更嘎帮阿爸把马背上的盐巴、茶砖、面粉、蜂蜜等物品取下来，放到帐篷里。

阿爸都来不及跟更嘎说太多话，他先问了一下阿妈的情况，更嘎跟他说了阿妈临走时的交代。更嘎本来想问问他爷爷奶奶的事，还想问问过些日子去城里上学的安排，但阿爸没有停留太多时间。他在皮口袋里装了一些炒面和曲拉，还把家里那只大手电筒拿走了。对更嘎说："你和僧札好好地在家待着，我要去对岸的路上看看，汽车跑不动了，我的马应该可以帮忙，至少可以去送个求助的信儿。你阿妈那里不必担忧，她会照顾好自己的，等我回来再去找她。"

更嘎要跟着阿爸去，但阿爸不让他跟着。僧札也想跟着阿爸去，但阿爸把它也赶回来："听话，僧札，你在家里跟更嘎做伴，你们俩要互相照顾！"僧札仿佛听懂了阿爸的话，乖乖地回到更嘎的身边，和更嘎一起看着阿爸骑着马消失在风雪之中。

阿爸骑着马沿河走了。这一段不好直接过河的，这里有深水的地方并不太宽，只有十多米，但加上浅水和看不到水的沼泽地带，两岸相隔最少也有七八十米，如果陷入沼泽很是麻烦，所以，阿爸要沿河走一段路，几公里外有一处河床只有两三米，且有一座简易的石桥。

更嘎终于等到阿爸和他的马出现在对岸的公路上的人群中，加入他们的混乱。

又过了一会儿，更嘎看到阿爸骑着马离开了那里，离开的时候，还朝河这岸的更嘎挥手，更嘎也跟阿爸挥手，僧札则在旁边高声地叫着，几次冲到河边，似乎要纵身跃过河去，却被更嘎叫了回来。河水那么凉，那么深，僧札这个傻瓜，可不能去啊！

5

这片沉寂的荒原，从来没有像今晚这样热闹过。

公路与河隔着一个小斜坡和一小片无草的乱石滩子，那个乱石滩子是很早的河道，但干涸好些年了。如果没有白雪覆盖，可以看到密密麻麻裸露着的大大小小的鹅卵石，它们天长日久地散乱在这片高寒而缺氧的荒原，无人问津。

此时，在这片沙石滩上，点着四堆火，积雪被火堆驱赶得不停后退。火堆边围满了人，他们的燃料是汽车轮胎，冒着浓烟。那焦煳的臭味飘过河流，让更嘎的鼻子和嗓子都感觉难受。

平日里这个时间，更嘎在帮着阿爸把赶回来的羊群圈好，阿妈则熬好了酥油茶，牛肉或者羊肉在炉子上的铜锅里飘着香味，僧札在帐篷和羊圈之间跑来跑去。一切都收拾停当，一家人围着炉子，享用晚餐。这样的时光，是更嘎一家人最幸福、最闲适、最自在的时光。

但今天，这突如其来的雪出人意料地下个不停，差不多一整天。一点儿要停下来的意思都没有。开始是大朵大朵的雪花，到了晚上，雪片变得小了，但更密匝。雪片里的水分似乎更多了些，落在地上，积得更结实，气温也迅速下降。更嘎觉得晚上比白天冷了几倍。

更嘎在河的这岸望着河的对岸。

对岸的人穿得单薄，没有炉子，也喝不到热汤。

雪雾中，有些参差错落的灯光，看不清是车灯还是手电，这些零散的光亮连成一串，在夜色中朦朦胧胧，显得有些缥缈，越是看得久了，越是显得不真实，像梦里的灯火。

那灯光里，隐着些什么呢？

有寒冷也有温暖吧！有恐惧也有勇气吧！有失落也有希望吧！

他们都是些什么样的人呢？

都从哪里来？要去哪里？

他们定是知道山的更远处的样子吧！

僧札仿佛知道小主人在想问题，它静静地站在小主人身边，一声也不出，也没有乱跑。它随着主人的目光望向对岸，公路上有或静止或移动或明或暗的亮光，像一串亮晶晶的项链，在夜色中闪烁。不过，河边上的那四堆用轮胎点起的火，还是很清楚的，火堆四周的人，也看得比较清楚，有男人，有女人，有老人，有军人，还有孩子。他们有的站着，有的蹲着，有的在走来走去，还有的在吃东西，在聊着天，也可能是在抱怨此时的处境……

这些来自不同地方的人，带着不同的目的行走在这条世界上最高的公路上，脚步匆匆，可现在，他们不得不在这场风雪中停下来，停在这片沉寂了许多年的荒原，停在一个从未走出过雪山的八岁藏族男孩那双干净的眼睛里。

更嘎在河边站得太久了，头上和身上落了很多雪，脚在牛鼻子藏靴里冻得几乎要失去知觉。

更嘎回到帐篷里，给快要熄灭的炉子里又加了几块干牛粪。他决定今天晚上不让炉子熄灭，如果阿爸夜里回来，希望他感受到家的温暖。

受伤的小羊依然很安静，僧札围着小羊走来走去。更嘎把阿妈的一件羊绒披肩盖在小羊身上。不知为什么，小羊的情况似乎没有什么进展，更嘎最担心它会死掉。他把糌粑蘸了些牛奶，递到小羊的嘴前，小羊伸出粉红的舌头，轻轻地舔了舔糌粑，它没有辜负更嘎的好意，吃了几口香甜的糌粑，然后才又像是消耗了很多体力似的，倒在氆氇毯子上一动也不动了。

## 6

阿爸一夜未归。

下了一天一夜的雪，终于在天大亮之后停了。

河边的黑帐篷此时被白雪覆盖，显得清冷而孤独。

帐篷的门帘抖动，积雪簌簌坠地。

藏獒僧札冲出门，差一点儿撞倒为它掀起门帘的小主人更嘎。僧札在无痕的雪地上撒起欢来，那小牦牛犊一样的壮硕身子看起来一点儿也不笨拙。

更嘎也走出帐篷。

"僧札，你这莽撞的家伙啊！"更嘎一边亲昵地责怪着僧札，一边走过门外积雪的浅草滩。他眯起眼睛，望过脚下的大河，看到对岸那条每日奔忙不息的公路上，停着的上百辆汽车像条生病的长龙，趴在路上，连挣扎的力气都没有似的。

僧札站在更嘎身边，望着河对岸，但它不像更嘎那样安静，它用粗笨的大嗓门"汪汪"叫着，也不知它是在跟对面的人打招呼还是在责怪他们这一天一夜以来的搅扰。毕竟，不论是对更嘎来说，还是对僧札来说，河对面一下子停留了这么多车和人，真的还是第一次。

因为雪不再下，河对面的情形看得清楚了些。

四个用汽车轮胎燃起的火堆，火焰弱了很多，有的人又往火堆里丢新的燃料。这里并没有树或者任何可燃烧的植物，往火堆里添加的只是一些他们自己随车带的食物包装类的东西，塑料袋或者纸盒子什么的。但这些东西并不禁烧，丢到火里，很快地消失了。

更嘎想，他们为什么不在近处找一找牛粪来烧呢，但回头一想，即使有干牛粪，也被雪埋起来了。当然，也许这些汉族人并不像我们藏族人那样，把牛粪看成是宝贝，他们大概会觉得牛粪很脏吧。牛粪才不脏呢，那是世界上最纯净的燃料！

这时，远处突然有人喊了起来，似乎是得到了一个好消息。更嘎看到人们在听到这些传来的喊声之后，很多人跟着在喊，那声音是喜悦的。

嗯，一定是救援有消息了！

"僧札，雪停了。他们很快就要离开了吧！"更嘎跟僧札说话，其实更像自言自语。

僧札没有理会更嘎，却冲着对岸大声地叫起来。

## 7

"嘿！"

"你好！"

更嘎看到河对岸有人在向他招手，在朝他喊。但他不知道他们在说什么，他听不懂汉语。

或者，他们只是在回应僧札的叫声吧。

"哦，僧札，别再叫了！"更嘎轻轻地喝退藏獒僧札。

僧札很听话，立即不再出声，默默地跑开了。僧札像个淘气的小孩子，喜欢踩无痕的雪地，四周的雪地上都被它画上了大朵大朵的梅花。

"嘿——你好——"河对岸的人还在向他挥着手喊。

隔着近百米的距离，更嘎看到向他招手的人——那是一个跟自己差不多大的男孩。可能是因为穿着一件很不合身的大红色羽绒服，那男孩子看上去笨拙而肥胖，腿和伸向更嘎的胳膊都显得特别短。

他是谁？

他是在跟我说话。可是我却不知道他在说什么。

看上去，我们差不多年纪，但我们是那么不同。他穿的衣服跟我不一样，他说的话跟我不一样，重要的是，我在岸这边，他在岸那边。

但，他却隔着河，在跟我说话。

不论他在说什么，我要回应，是不是？

有那么多人，在对岸，停留了一个白天和一个晚上，可是却没有人看到我，也许看到了，但没有人跟我说话，他是第一个，也是唯一一个。

更嘎张开嘴，却没有发出声音，他实在还是害羞。从来，他都没有跟与自己用不一样的语言的人说过话。

更嘎没有出声，但他把右手从宽大的粗羊皮袍子里伸出来，挥动着，告诉对方，自己听到喊声了。

对方看到更嘎的回应，似乎很兴奋的样子，在原地跳了起来，边跳边更热情地呼喊着——

"你好，你好！"

更嘎突然很有些懊悔。如果听阿爸的话，前年就该到城里读一年级的，如果那时候去了，现在一定学会了很多汉语，至少可以听懂对方的话，或许还可以用他们的语言回应他。但，更嘎舍不得草原，舍不得阿爸阿妈，舍不得僧札，舍不得在这片原野上随着季节变化而移动的黑帐篷。

更嘎一边在心里懊悔，一边伸出双手，更努力地挥动着，却依然没有言语。

两个陌生男孩，以这样的方式在联系。两个毫无交集的男孩子在这样的情境之下，隔着大河用他们自己的方式打着招呼。这实在有些奇特。

接着，那男孩的身边围过来好几个人，他们中也有人在挥手。

僧札也来凑热闹，冲着河对岸大声地叫着。

那男孩一边喊，一边朝河流靠近，企图离对岸的这个带着藏獒的藏族男孩更近一些。

更嘎担起心来。这河，他是熟悉的，虽然真正的危险是河水深处，但深水两边是浅水和沼泽，一旦陷入，即使没有生命危险，但那些过路的人本来就没有足够御寒的衣物，如果再陷进湿泥里，也是相当麻烦的事。

更嘎向前走了几步，挥手势告诉对方，不要再往前走。

很显然，对方看懂了更嘎的意思。

那男孩没有再继续向前走，站在那里，顽皮地挥手、踢腿、弯腰、侧身、扭胯，似乎为让对岸的更嘎看清，在调动身体全部的力量做着各种大幅度的动作。

更嘎觉得好笑，尤其是他扭胯的样子，特别滑稽。更嘎笑起来，或者也是为了让对方看到自己在笑，他笑得很夸张，仰起头，发出的声音很大。

接下来，两个隔着河水的男孩，变换着各种姿势交谈，是的，没有语言，但他们却在交谈。

岸这边，穿粗羊皮藏袍的更嘎转一个圈。

岸那边，穿宽大红羽绒服的男孩也转一个圈。然后，他又抬起左脚，单腿蹦跳几下。

更嘎也抬起左脚，单腿在原地蹦跳几下。更嘎又抬起双臂，做鸟儿飞翔的动作。

对面的朋友也伸出双臂，做鸟儿飞翔的样子……

这很好笑吧？

是的，很好笑。那男孩身边的许多人都看着这两个孩子笑起来，连他们自己在做完各种姿势之后，也大笑起来。笑自己的傻，或许也在笑对方的傻。

虽然可笑，但在这两个男孩心里，因为有了这样的被外人看起来有些莫名其妙的交流，彼此熟悉起来，甚至有了一种默契。

8

如果，过河——

更嘎的脑子里冒出过这样的念头，但他知道这不可以。河中心有多深，他是知道的。阿妈骑着牦牛过过这条河，牦牛的整个身子几乎都浸在了水里。要是换成自己，水就要没过自己的头顶了吧。河水那蚀骨的凉想想都令人胆战。

大雪打乱了行人和车辆匆匆的脚步，也阻断了阿妈和羊群回家的路，不受这大雪羁绊的唯有这条美丽的季节河，从大山里来，向着自己选择的方向奔流不息，风和雪也挡不住它的脚步。流过一片原野，绕过一座雪山，再绕过一座雪山，会是什么地方？会不会流到城市？什么样的人会在河边走过？什么样的人会从河里汲起水花，赞叹它的清凉和甘美？

更嘎看着大河，正想得出神，突然，更嘎看到那个朝自己挥手呼喊的男孩猝然倒地。

立即，河对面的人群一片慌乱嘈杂。

僧札望着对岸，叫得很凶，全身浓密的长毛被风吹起，像只急躁的小狮子——这个样子的僧札最配它的名字：像狮子一样。

许多人都围了过去，形成了密不透风的人墙，更嘎再怎么努力也看不到那里的情况。

大家有的在喊，有的在跑。

过了好一会儿，人群才渐渐散开，给从公路上跑来的一个人让出一条宽道。他是谁？是男孩的亲人吗？

更嘎踮起脚，伸长脖子，却什么也看不到。

更嘎的心像是被一只大手揪紧了，这让他感觉呼吸都有些困难。

更嘎没有挪动身子，一直在关注着河的对岸。僧札也显得不那么平静了，总是向河边上跑一趟，回来，再跑一趟，似乎想过河去，但又下不了决心汹水过去，毕竟那冰冷奔流的河水还是吓人的。

大概过了十多分钟。更嘎终于看到了那里的情况。

那穿着不合身的红色羽绒服的男孩子被四五个人一起小

心翼翼地搀扶着，上了斜坡，进了一辆车里。

"嘿！"更嘎终于发出喊声，他用最大的声音朝对面喊。

有人看到了这个在河对岸的藏族男孩此刻朝着这边喊叫，给了他回应，但更嘎却听不懂对方在说什么。

"嘿！嘿！嘿！"更嘎更加努力地喊起来。可是，对岸那些身处困境的人，很快对这个无法交流的陌生男孩失去了兴趣，不再理他。


9


我要过河，去看看！

更嘎这样想，而且这个念头很执着。

可是，怎样渡河？

更嘎试图靠近河水，但脚下完全没有什么把握，只得退回来。

一条河，仿佛把世界隔成了两个。


10


恼人的是，停下的雪，此刻却又下起来了。

更嘎依然在河边站着，望着对岸，他期待着那个穿红色羽绒服的男孩再次出现，出现在河边，和他一起做些怪异的动作，然后，逗笑彼此。

　　但他没有等到他。

　　没有太阳，更嘎不知道过了多长时间，僧札在身边早就不耐烦，大声地叫起来。更嘎回过神来，才发觉全身都冷透了，而且肚子在"咕咕"地叫，真是又冷又饿啊，自己和僧札连早饭都没有吃呢，现在至少已经过了中午。

　　更嘎回到帐篷，发现炉子已经灭了。

　　更嘎重新点燃干牛粪，蓝色的火苗立即欢快地在炉膛里跳跃起来。更嘎到帐篷后面取了干净的雪，放到铜壶里，再把阿爸昨天带回来的砖茶敲一块丢进壶里，放了盐，加了牛奶。

　　哎呀，阿爸怎么还没有回来呢？更嘎一边用着阿爸带回来的东西，一边惦记着阿爸。

　　僧札在更嘎身边钻过来钻过去，显然是饿坏了的样子。

　　"僧札，安静点儿，很快就有饭吃了，别着急啊！"更嘎努力地安慰僧札。

　　铜壶在炉子上发出响声，奶茶的香味很快弥漫了这个小小的家。更嘎给自己和僧札分别倒上茶，更嘎没有煮肉，他只是用藏刀割了一块挂在门左侧的风干牛肉，分了一半给僧札，另一半留给自己。

风干的牛肉其实是生牛肉。选最优质的牦牛肉挂在帐篷外，干净的牛肉便在高原明媚的阳光和风中自然失去水分，变成肉干。这种牛肉很难嚼，需要一小片一小片地慢慢享用，这是藏族人家最好的美食。天然纯净，而且营养丰富。

更嘎吃得很斯文，喝一口奶茶，再用精巧的小藏刀割一小薄片干牛肉。但僧札却吃相难看，大力地嚼着肉干，很努力的样子。

不过这会儿，小羊的表现却很好，喝了更嘎给它的奶茶，还吃了几口毪氇毯子上的糌粑，吃完之后，还试图要站起来。虽然失败了，但它的精神却好了很多。

更嘎又学着阿妈的样子，用手轻轻地抚摸着小羊全身，让它感觉到舒服安逸。

藏原羚是一种很美丽可爱的高原野生羚羊，它们全身长着润泽柔顺的黄褐色绒毛，四肢修长，跑起来轻盈灵动，像原野上可爱的精灵。它们最特别的地方就是屁股上的绒毛是白色的，而且这些白色绒毛呈桃心形，黑色的小尾巴正好在桃心里面，很有特色，也容易辨认。

更嘎的抚摸让小原羚很享受，不时伸出可爱的小舌头去舔更嘎的手。然后，更嘎又用盐水轻轻地擦洗了小羊的伤口，然后撒了些药粉。这药粉是什么，更嘎并不清楚，只是照着阿妈的嘱咐去照顾小羊。小羊的伤口已结了一层薄薄的痂。更嘎知道，小羊的伤口正在愈合，它很快就会康复，就又能跑起来啦！

虽然已经吃过饭了，但更嘎还是往炉子里又添了几块牛粪，把炉子烧得旺旺的，他要让僧札和小藏原羚过得舒舒服服、暖暖和和，就像阿妈让他和阿爸过得舒适而温暖一样。

更嘎把靴子脱下来，放在炉子上烤，不知是进了水，还是被湿雪浸透，靴子里湿乎乎凉冰冰的。僧札卧在小羊身边，半眯着眼睛，享受着饭后的安宁时光。但更嘎却不能安然地享受帐篷里的温暖，靴子还没有烤干，他又重新穿上，走出帐篷，望向对岸。

重新又开始下起来的雪，雪片小，但越发密匝。

延绵了数公里的汽车依然毫无生机，它们像是在冰天雪地里沉睡的石头。

眼看着又是一天要过去了，难道，还要再困一个晚上吗？

如果说可以用燃烧轮胎这样的办法来取暖，那么，食物呢？他们随身带着的食物大概已经消耗得差不多了吧，如果再困一夜或者一天，情况会怎样呢？

更嘎能够想到食物，他却想不到这些人最大的困难还不是缺衣少食，而是要命的高原反应。这些被困的人中，至少有一多半没有过高原生活的经验，对于近五千米的海拔，是没有一点儿反抗能力的。如果不是隔着一条宽河，更嘎会看到这里许多人正在遭受着头痛、呕吐、无力等"高反"的折磨。

更嘎出生在这片高原，生长在这片高原，他根本想象不出高寒而缺氧带来的身体不适。

11

对岸传来哭声，一个小娃娃似乎是在用生命哭泣，那声音巨大，隔着河，更嘎也听得很清楚。

那孩子被一位中年妇女抱在怀里，百般安抚也无济于事，仍然在哭。

更嘎的心被那哭声搞得乱乱的，他最害怕小孩子哭闹，而且没完没了。

去年夏天，姑姑带着一岁多的小表弟回山里住了一个星期，那一周，更嘎真切地领教了小娃娃哭闹的威力。无论你怎样哄他、宠他、安抚他，他都要哭，一直要哭到没有力气为止。那些天，更嘎也深刻地体会到带一个小娃娃是件多么费力的事。

女人抱着哭闹的孩子，不停走动，企图在人群中找到有趣的人或者事，分散孩子的注意力，让他停止哭泣。在这样的地方，这样用力地哭泣，对于他自己和安抚他的人来说，都是一件极为辛苦的事，甚至是件危险的事。

但那妇人无论怎样努力，也没有安抚住怀里的孩子。

他为什么哭？

饿了吗？渴了吗？或者是生病了？

以更嘎的了解，小娃娃哭个不停只有这几个原因。因为姑姑家的小表弟就是这样，饿了渴了冷了都会哭，但只要满足了他，他就笑得很灿烂。可是，对面的这个小娃娃要什么呢？

"哇——哇——哇——"

那小娃娃哭得好让人心焦啊！

更嘎回到帐篷，但那小娃娃的哭声还是能够听得到。

好吧，先给他奶喝，小孩子最爱的就是这个了。

更嘎想到家里某个皮口袋里似乎还装着一个去年小表弟走时忘在这里的小奶瓶，我给他送一瓶牛奶吧，或许可以哄住他。有了这个想法，更嘎显得特别兴奋，立即到处去找那个小奶瓶。

哈，奶瓶果然还在。

更嘎把牛奶倒进锅里煮得滚烫。

可是，怎么送到对岸？

怎么过河？天啊，怎么没有想到这个问题？

扔过去？不行，这么远的距离，奶瓶可能会掉到河里，或者落到浅水里。就算能扔那么远，瓶子肯定也要摔破。

更嘎拿着装满热牛奶的奶瓶站在这岸。

突然，他想到了"乌朵"。

更嘎的"乌朵"是阿妈亲手用粗羊毛绳给他编的，放羊的时候，总是会用它抛起小石子，招呼那些不听话爱乱跑的淘气羊。

现在，如果我把奶瓶也像抛石子一样抛过河去，对面的小娃娃接到这热乎乎的奶瓶一定就不哭了吧！

奶瓶要包起来，要不然，抛过去会摔碎。用什么包呢？啊，我的那顶狐皮帽子不错，很软也很厚实。这样，对面的人不仅收到了奶，也收到了暖和的帽子，都很有用啊！

更嘎好开心啊，他从来没有觉得自己是这样聪明。

可是动起手来，还是遇到了困难。

一块小石子的大小是正适合于"乌朵"的，但一只厚帽子包着一个奶瓶，太厚太重，抛起来不容易。

更嘎找了个代替物练习了几次，第一次抛到了河里，第二次抛过了河，但落在了沼泽处，第三次连河也没有过，因为半道滑掉了。等更嘎感觉练习得差不多时，就要正式地抛投奶瓶了！他找来一截细绳，把包着奶瓶的皮帽子扎紧，绑得结结实实，这样才更方便抛投。

"嗖——"

哈哈，运气真好，成功！一定是佛祖在保佑着呢！

更嘎看到对面的人捡起帽子和奶瓶，样子很惊喜，递给那个带孩子的女人，然后，把牛奶给孩子喝。

不知是热牛奶起了作用，还是那娃娃真的哭得没有了力气，没一会儿，更嘎就听不到那娃娃的哭声了。

更嘎兴奋得搂住僧札的大脑袋转了三个大圈，开心地笑起来。

此刻，他感觉自己与对岸有了一种很不一样的关系，无法描述，但他知道，很不一样。

12

天擦黑的时候，更嘎在人群中看到了阿爸，阿爸终于回来了。

和阿爸一起来的，还有公路段和兵站的人，他们带来了水和食物。当然，还有医生和一些氧气袋以及急需的药物。

阿爸又绕了几公里的路，回到河的这岸，回到家。

僧札和更嘎跑了很远去迎接阿爸。

更嘎为阿爸煮了茶，并且放了酥油。

"阿爸，你的脚怎么了？"阿爸下马的时候，更嘎看到阿爸的脚是跛的。

"没事，摔了一下。"阿爸轻描淡写地说，"要不是摔倒了，我会回来得早很多。"

更嘎把茶端到阿爸手里。

"阿爸，对面，有个男孩，你见到了吗？"

"哪个男孩？"

"穿红色的衣服。"

"哦？嗯，好像见到了，他好像病得很重。"

"他怎么啦？"更嘎紧张起来。

"听说本来就感冒了，又加上高原反应，上午晕倒了。"阿爸一边吃着东西，一边跟更嘎说话。

"他会怎样？"

"不知道，但比较危险。你怎么知道他？"

"他在河边，跟我说过话，我就认识了他。"

"说话？你会说汉语了吗？"阿爸轻笑着问更嘎。

"当然不会，不过，我们真的说话了。"更嘎不知怎么去解释这场相识。

阿爸喝了酥油茶之后又要离开，他还要去找阿妈。阿妈在南山的旧羊圈待的时间久了，也会有很多风险！

"阿爸，天已经黑了，你要当心的。"更嘎还是忍不住担心。

"哈哈，放心吧，没有人会在自己家里走丢！对这片原野，我熟悉得跟自家的帐篷一样！"阿爸说得很是轻松。

阿爸在皮口袋里装了两块风干牛肉出发了。

"不必为我们担心，无论雪停还是不停，明天中午的时候，我和阿妈肯定会回来，要照顾好自己和僧札。"阿爸骑上马，嘱咐更嘎，"还有啊，更嘎，不要过河，你都看到了，他们有了救援，我想，最晚明天中午吧，他们都会离开这里的。"

"可是，阿爸，我想过去看看。"更嘎轻轻地说。

"那就等我回来。"

"你回来，他早就走了。"

"我的傻更嘎，那孩子这会儿应该已经离开这里了。我过来的时候，兵站的医生就在安排送他的事啦。"

"可是，我还是想过去。"

"那，等我回来，我会在他们离开之前回来。"阿爸跨上马背。

བདེ་སྐྱིད་ཀྱི་ས་བོན།

"好吧。还有，阿爸，今年，我一定去城里上学。"更嘎说。

"啊！"阿爸有点儿吃惊更嘎这突如其来的话，他没有想到更嘎会在这个时候想起这个来。以前他总是拒绝上学的啊，这会儿，他居然主动说要去上学，这对阿爸来说，真是有些惊喜。他又跳下马背，拥抱儿子，说："等我回来！"

阿爸去找阿妈了。河的这岸，又只剩下更嘎。他一下子感觉世界很空荡，这种感觉以前没有过，但此时，那种空荡荡孤单单的感觉填满了心胸。

僧札仿佛知道小主人的感受似的，它乖乖地站在更嘎的身边，轻轻地用毛茸茸的大脑袋蹭着更嘎的胳膊。

"僧札……"更嘎转身抱起僧札的大脑袋，一脸的温柔，"到时候，你也跟我去姑姑家吧！"

13

雪停了。路通了。被困了几十个小时的汽车和人陆续离开了这里。

太阳明丽地照在这片原野上，积雪在山巅和原野上闪着洁白的光芒，照得人睁不开眼睛，但人们是多么喜欢这明亮啊！

更嘎站在河的这岸，看着对岸的那条长路从喧嚣变回原本的安静，他的心却并没有随着路的宁静而宁静。他为他们离开困境开心，却又仿佛有些不舍。更嘎望着远山和长路，不禁心潮难平。

更嘎眼里涌出泪来，他却不知道为什么要流泪。

"更嘎！"那是阿妈的声音。

阿妈穿着黑色的藏袍，系着红色的腰带，头上系着红色的头巾。她坐在牦牛背上，一边挥手，一边喊着更嘎的名字。

美丽的阿妈啊，此时，就像深山里走出来的仙女。

更嘎向阿妈跑去。僧札比他跑得更快，去迎接女主人——

"阿爸，阿妈……"

14

阿爸并没有陪更嘎过河，只是把马借给了他。

原本停滞了数公里的汽车，此时几乎都走光了，只剩下几辆缺了轮胎的汽车可怜巴巴地趴在泥泞路上，等候着最后的救援。

河滩上有一些花花绿绿的垃圾，还有四个火堆的遗迹，像四块疮疤，很突兀，也很丑。不过更嘎知道，晒一夏的太阳，刮一秋的风，再下几场雪，这些痕迹就会慢慢地消失，这里，会像什么也没有发生过一样。

更嘎眼里闪着泪光，望着伸向远方的长路，自言自语："我叫更嘎，你叫什么名字呢？"

# 湖水与月光

## 1

刚刚入冬，成群的天鹅就陆续来到了金子湖畔。本来已经准备过冬的芦苇，因为这美丽鸟群的到来，强打起精神，准备再为它们绿上一段时间。就在芦苇黄绿之间，清辉伯伯镜头底下的张张照片都成为绝美的风景。这段时间，他天天都在这里，有时，从早晨来，直到月亮升起才恋恋不舍地离开。

坚措和清辉伯伯，就是在这个时候认识的。

天空和湖水湛蓝，白云和天鹅洁白，安静的芦苇和调皮的绿头鸭相映成趣，坚措和清辉伯伯静静地守在岸边，有时清晨，有时黄昏，有时月光下，有时日光下。

## 2

坚措的家就在离湖不远的生态移民村，但他不住在自己家里，他住在噶陀寺。

最近，噶陀活佛带了几个人一起去西藏桑耶寺修行，已经有一个多月了。寺院里只有仁登师父和小喇嘛益西加措、才周、嘎玛巴桑和索南，当然还有坚措，还有为大家煮饭的曲珍婶婶。

仁登师父是噶陀活佛最信得过的人，他要替活佛操心整个寺院的日常事务，几乎每件事都需要他来安排，才会井井有条。别看他每天有做不完的事、操不完的心，但他却一点儿也不急躁，总是那么温和沉静、笑意盈盈，寺院里每个人都喜欢他，寺院外面的只要是认识他的也都喜欢他。

坚措比别人更喜欢仁登师父，因为仁登师父允许他自由出入寺院，而其他的人则不可以随时进出，尤其是小喇嘛们，没有合理的事，是不允许跑到寺院外面的。

但是坚措就不一样了，他除了去村子里的学校上学，放学还可以到村子里找同学玩，只要每个饭时在场，作业完成得认真，不晚睡，仁登师父都不会严格要求他。

当然，坚措有时候也有点儿苦恼，自己一个人的自由，总是不够的，他希望他的好伙伴们都有足够的自由，可以一起去村里玩，可以一起去村外的金子湖看天鹅。

记得天鹅来到的第一天，他兴冲冲地对益西加措他们说"金子湖的天鹅回来了"的时候，他们的表情欣喜到极点，接着又沮丧到极点，因为他们不能马上跟着坚措去看天鹅，直到第三天，才一起去到湖边。虽然小家伙们以后也在饭后休息的时间里偷偷溜出来两回，但，还没有尽兴，又得匆匆溜回寺院里去。每到这个时候，坚措就很失落，自己一个人看天鹅，有什么意思呢？

幸好，清辉伯伯出现了。在他的望远镜里看天鹅，天啊，真是清楚得跟在眼睫毛跟前一样！而且，跟清辉伯伯一起聊天鹅，那才是真长见识呢！

跟清辉伯伯第一次见面是个星期六。那天天气晴好。

坚措早早地就起床了，因为仁登师父规定他每个周六周日早晨要跟着小喇嘛们一起诵读经文。平时他不必学小喇嘛们的功课，但周末早晨的这个诵读，他是必须要参加的。

诵完经，坚措就跑到金子湖边。

天鹅比他起得还要早，看上去已经在湖里游戏了好半天，个个都显得精神抖擞。

"一、二、三、四、五……"坚措每次到湖边的第一件事就是数天鹅，像牧羊人每天都要清点他们的羊群一样。

其实每次都数不清楚的，因为坚措离天鹅还有挺远的一段距离，他不愿离得太近，那会打扰它们。最关键的是那些美丽的家伙总是不老实，一下跃起来，一下沉下水去，一下又互相追逐打闹，有的还三个一群两个一伙地躲到一边仿佛是要说悄悄话，要是受到一点儿惊动，就飞起来，确定安全了，才又落到水面上来。坚措每次都数，可没有一次数得成功，数目总是不一致。

数乱了的坚措总是摊摊手，自言自语地说："好吧，好吧，多少不重要，你们在这里，就最好。"

坚措沿着湖东岸芦苇丛中间的一条小道走，他想悄悄地绕到北岸去，那里的苇子更密一些，找个苇子最密的地方藏起身来，可以更近地看到它们。

"咦，这是什么?"坚措发现了一个怪机器，三个支架撑着一个"大炮筒"，机器上面盖了迷彩网，机器的旁边还有一个鼓鼓囊囊的迷彩背包。坚措疑惑地四下张望，突然，他发现芦苇丛边临水的地方有个人，不注意看，还真是不容易看出那是个人呢，他也穿着芦苇一样黄黄绿绿的迷彩服，头上戴着宽檐的迷彩软帽，把半张脸都遮住了。他挽着裤腿，双脚陷在水里，小心翼翼地推开脚边的芦苇，仿佛在伸手去够什么东西，芦苇太密了，坚措看不清他到底在做什么。

天啊，肯定是猎鸟的坏人，那罩了迷彩网子的"大炮筒"一定是打鸟的枪!坚措这样想着，他站在水里，手伸得老长，说不定是在逮鸟!虽然不是天鹅，但或者他正在捕捉喜欢在水面和芦苇交界处玩耍的野鸭吧！

坚措越想越觉得自己的判断准确。

"可恶的猎鸟贼！"坚措暗自说道，手里早就捡起来的一块石头，已经砸了过去。

"啊！"

那"猎鸟贼"惊叫起来，显然是被飞来的石头砸中了。

听到这声"啊"，鸟儿们也有些错愕，近处的，已经被惊飞起来。

坚措飞快地跑出芦苇丛，他回头看到那人从水边退出来，只是望着奔跑的坚措，却并没有追上来。

过了一会儿，坚措又折回来，他悄悄地来到"猎鸟贼"的附近，想看得更明白，他到底要做什么！

"猎鸟贼"已经穿好了鞋袜。他个子很高，体格很壮，当他听到动静扭脸朝坚措看过来的时候，坚措看清楚了他的长相：方脸，小眼，阔嘴，浓密的络腮胡子，看上去有一股粗犷豪爽的气质。坚措心里暗想：人看上去并不怎么让人生厌，可惜，他是个"猎鸟贼"！

那人看着坚措手里握着一块石头，说："向我丢石头的人是你吗？哈，小家伙，为什么呢？"

坚措没有回答，只是把手里的石头握得更紧，仿佛随时都要丢向对面这个"迷彩人"。

突然，那人笑了笑，说："哦！你肯定是把我当成坏人了吧，以为我在这里打鸟，是不是？"

坚措不说话。

"小家伙，可别把我当坏人，我只是为了给鸟儿们拍照片才藏到这里的。"那人一边解释一边指了指被迷彩网子网住的"大炮筒"说，"这是我的相机。"

坚措还是不说话，只是更仔细地打量着这个人。

"哦，看你的样子，应该是藏族，是听不懂汉语吗？"那高大的男人显得很有耐心，"怎么办呢？我又不会说藏语。总之，你要相信我，我可不是坏人！"

坚措当然能听懂汉语了，虽然说得不怎么样，但听还是没有一点儿问题的，学校的汉语课可不是白上的。坚措不说话，是在判断"迷彩人"所说的话到底有几分可信度。

当坚措的目光落到他身后那只水淋淋的塑料袋上时，立即意识到自己是真的误会他了，他不是坏人。坚措看到那只塑料袋里装的是几只空饮料瓶子和肮脏的塑料袋之类的垃圾，啊，刚才他挽着裤腿把双脚陷到泥里就是为捡这些垃圾呢！

坚措把手里的石头扔到身后，冲着那人不好意思地笑了，"石头是我丢的，伯伯，对不起！"坚措说得很坦诚。

"啊！你会说汉语啊！太好了！"那人开心起来。

"我把您当成'猎鸟贼'了，真对不起。"坚措再次道歉。

"'猎鸟贼'？我怎么会是'猎鸟贼'，我爱它们还来不及呢！我千里迢迢来到这儿拍它们，怎么会偷猎！""迷彩人"笑起来。

"迷彩人"转身凑到他的相机跟前。

坚措就站在他旁边，没有离开，他好奇地看着这"迷彩人"闭了一只眼睛在那个"大炮筒"上面的黑色小孔里看来看去，手指不停地在一个按钮上连续地按着。

他在看什么？坚措对那"大炮筒"充满了好奇。

"你就住在这个村子里吗？小家伙，你叫什么名字？""迷彩人"知道坚措没有离开，跟坚措说话。

"坚措，我叫坚措。就住在这个村子里。"

"我叫清辉，咱俩交个朋友吧！""迷彩人"终于把脸和眼睛从三脚架上的照相机挪开，回过头来，向坚措伸出了手。

坚措羞涩地笑了，也伸出了他的小脏手。

成了朋友，清辉伯伯让坚措也把眼睛凑到"大炮筒"上的小孔上来看。

啊，太神奇了！这"大炮筒"就是一个高倍的望远镜啊，鸟儿们仿佛就近在睫毛前。第一眼，简直把坚措吓了一跳，居然连它们的表情都能看得清清楚楚。一只灰天鹅瞪着大眼睛正在镜头里看着坚措呢！虽然每个冬天坚措都来守护陪伴这些天鹅，但这么清楚地看到它们，还是第一次。这太令他兴奋了。

那天中午，坚措没有回寺院里吃中午饭，在芦苇丛里和清辉伯伯一起吃的面包和火腿肠。

晚饭的时候，坚措才回到寺院，仁登师父有点儿生气，盘问了他大半天，但坚措还是超开心，饭桌上，坚措兴致勃勃地给小伙伴们讲在湖边认识的新朋友，还有新朋友的"800定焦"。

"什么是800定焦？"益西加措问。

这让坚措很是得意，"800定焦"就是那个"大炮筒"的名字，这个新词虽然他也是今天才知道的，但现在，他却可以给大家讲。只不过有点儿失败，因为他最终也没有给大家讲清楚"800定焦"是个啥，最后只得说："哎呀，反正就是清辉伯伯那'比牦牛还牛'的相机，你们明天跟我去湖边看看就知道啦！"

坚措说了句俏皮话"比牦牛还牛"，这句话，是跟班上唯一的汉族同学李挚学会的，自己现在用上，感觉用得特别贴切。他说完自己就笑了，其他小伙伴也跟着笑。

去湖边看看，这成了大家一整晚都在憧憬的事。因为湖边不仅有美丽的天鹅，而且还有一个可爱的清辉伯伯，他有"比牦牛还牛"的、神奇的"800定焦"。

3

第二天正好就是星期天——小喇嘛们的休息日。大家都早早起床，跟着仁登师父诵了经文，吃了早饭，一起来到金子湖边。

但他们没有看到清辉伯伯。湖东没有，湖北的芦苇丛里也没有。

"坚措，你说的伯伯呢？"益西加措问。

"他，大概今天有事。"坚措也很失望，但他还是安慰小伙伴们，"也许一会儿他就来了。"

听坚措这样说，大家便不再追究清辉伯伯的问题，跟往常一样，把心和眼睛迅速地投入湖面那些天鹅身上。

"坚措，你数清楚了吗？今年到底有多少只天鹅？"

"唉，没有数清，不过，比往年多了！"坚措简直有些气恼。

往年，只有十多只天鹅到金子湖过冬，但今年很不一样，最少也有三四十只吧。天鹅们都是以家庭为一小群，然后结伴组成一大群。今年比往年大概要多出三四个小家庭吧。每个小家庭都是由天鹅爸爸、天鹅妈妈和天鹅娃娃组成，有的家庭有两三个天鹅娃娃，但拥有五六个天鹅娃娃的家庭占多数。

"要不，我们离近一点儿吧？"高个子的索南提议。索南前几天刚刚配了近视眼镜，显然还没有完全习惯眼镜架在鼻子上的感觉，所以，总是用手去扶镜框，好像总是在担心眼镜会从鼻尖上滑下来砸到自己的脚背似的。

"那不行啊，它们看到我们大概会被吓到的。它们才刚刚到这里没多久，还没稳住心呢。"坚措说。

索南企图替坚措来数天鹅，可是也没有数清楚。

"算了吧，索南，别数了，反正它们回来了，这再好不过了。其他什么都不重要了，是不是？"嘎玛巴桑说。

嘎玛巴桑因为胖，所以总是觉得累，他本来坐在已经枯黄了的草丛上，此刻，干脆懒懒地展身躺下，眯起眼睛望着那初升的太阳，舒适得不像话。才周也学样躺下，嘴里还叼着一根梭梭草的草秆。

"你看，索南，那是普通秋沙鸭，黑脑袋红嘴巴那个。它旁边的，看到了吗？就是正潜到水下的那两个，叫绿头鸭，等下它们从水里出来，你再看，它们的头上的毛很漂亮，像绿孔雀的毛!"坚措指着远处的鸟儿给索南看。

"坚措,你真厉害,你怎么知道它们的名字的?"索南用手抵住眼镜,企图看得更清楚。

"都是清辉伯伯告诉我的啊!"坚措有些得意地回答。

"清辉伯伯到底是做什么的?"

"他? 不知道啊,至少是个爱鸟的人!"坚措有点儿后悔没打听打听清辉伯伯的工作。

"哪个是绿头鸭? 让我也看看。"才周听到坚措和索南的话,"噌"地从地上站起来,也伸着脖子向水面上寻,小懒虫嘎玛巴桑也从地上起来了,因为他发现,草上有薄薄的霜露,僧袍都快湿了。

"还是天鹅最美,你们看,像不像一朵朵白莲花开在水面上?"索南说。

"我看像一只只小帆船,它们比其他鸟大很多呢!"嘎玛巴桑说。

小家伙们七嘴八舌地欣赏着、议论着。

太阳很快升高,金色的阳光均匀地洒在湖面上,有些耀眼,那美丽的天鹅,似乎也闪起光来,更美了。

小家伙们在湖边玩得开心,几乎都忘记了有个叫清辉伯伯的人。可正当他们快要忘记的时候,清辉伯伯背着他巨大的迷彩包出现了。

小家伙们都争着在清辉伯伯的"大炮筒"里看鸟，欣喜不已。这小半天，成为这片芦苇丛有史以来最热闹的时光。芦苇们在风中本来矮下去的身子，挺了挺，又露出精神头来。

4

因为有清辉伯伯，坚措去湖边的次数更勤了。每次去，清辉伯伯几乎都在。

清辉伯伯除了有"800定焦"，还有很多宝贝，都装在那只巨大的迷彩背包里面。坚措最喜欢的自然是那只酷酷的望远镜。清辉伯伯把它挂在坚措的脖子上，跟他说："现在，你用这个看，虽然比我的镜头效果差点儿，但完全可以看得清楚的。"

这是坚措第一次用望远镜观鸟，太清楚了，它们身上的每个细节几乎都能看得明明白白。小天鹅翅尖和脖子上还没有完全褪干净的灰羽毛，也看得见；天鹅妈妈嘴尖上的那一点儿黑，也看得见；天鹅爸爸把大半个身子探进水底觅食的时候，露出的胖尾巴，也是那么清晰。

除了湖面，芦苇丛里的鸟儿也很多，坚措看到一只，就会问清辉伯伯它们的名字，这样便陆续地认识了好多鸟儿。每一种鸟的相关知识，只要清辉伯伯说一遍，坚措就能记得清楚，从不会混淆。这让清辉伯伯觉得很神奇，他说他还从来没有见过这么好眼力好记性的小孩呢。

这神奇的望远镜给了坚措太多惊喜和快乐。

看坚措这样喜欢，清辉伯伯每次一见到坚措，就先把望远镜挂到他的脖子上。

望远镜，还让坚措和清辉伯伯有了协作的关系。坚措总是把望远镜里的情景告诉清辉伯伯，清辉伯伯的"800定焦"立即就射向那里。

"清辉伯伯，快，左上空，鹰！"

"清辉伯伯，快，南岸的芦苇丛里，大脚丫的白骨顶鸡在打架！"

"清辉伯伯，快，芦苇后面的浅草里有一群环颈雉！"

"清辉伯伯，快，天鹅爸爸和天鹅妈妈摆了一颗心！"

清辉伯伯有了这个小助手的协助，拍到好多他意想不到的好照片。清辉伯伯觉得，坚措就是这世界上最机灵的小侦察员。

有天中午，天气很是阴沉，湖边更是风大，气温直降，要下雪的样子。清辉伯伯正准备收拾东西离开，他害怕坚措跟着他一起冻感冒了。

突然，坚措激动地喊："啊！伯伯，大鸟，来了一只很凶的大鸟！"

清辉伯伯用他的"大炮筒"对准坚措所指的方向，马上激动得不行，都顾不上跟坚措说话，只是用镜头追踪着那只大鸟，使劲地摁着快门。

坚措用望远镜追逐着那拥有褐色羽毛和白色尾巴的大鸟，那巨大的鸟儿强健、机敏、迅猛，它在水面上盘旋几周，突然扎到水面上，然后高高地飞起，很快消失在天际。

虽然坚措没有直接看清它捕鱼的瞬间，但他在清辉伯伯的镜头里看清楚了：它利箭一般扎到水里，逮起一条尺长的鲤鱼，那鱼在它锋利的爪子下挣扎，身上抖落的水滴像散落的珍珠。

"天啊，坚措，你猜猜咱们看到了什么？"

"什么？"

"白尾海雕！啊，这里居然有白尾海雕！你知道吗？很多摄影家都跑到日本或者非洲去拍它们！天啊，我们居然在这里遇到了它！多幸运！"清辉伯伯兴奋得像个孩子。

"清辉伯伯，您从哪里来？是做什么工作的？为什么每一种鸟儿您都知道名字？"坚措看着照片，出了一会儿神，回想着那只大鸟在高空盘旋的样子，最后终于想起来问清辉伯伯这个问题。

"我从北京来，我工作的地方是中科院下属的一个动物研究所，我主要研究鸟类，这两年关注着高原候鸟的情况。不过，这次我来这里，并不是工作，而是休假。"

虽然清辉伯伯说得清楚，但坚措还是很难明白"中科院"是个什么机构、"研究鸟类"究竟是怎么个研究法、"高原候鸟"是个什么概念，但他也不再追问了，因为他听懂了一点，那就是清辉伯伯是个专门围绕着鸟儿们做学问的人。


5


这里，是天鹅的天堂。它们像神仙般自在地生活在这片水域，白天，在水里觅食、嬉戏；晚上，曲起长长的脖子，把头埋进翅膀，安心地睡眠。

它们并不知道离它们不远的芦苇丛里，藏着欣赏它们的眼睛，并且有照相机在记录着它们的幸福和美丽。

"清辉伯伯，天鹅冬天到我们这里来，可是夏天它们在哪儿呢？"坚措一边在望远镜里观察着远处的天鹅，一边跟清辉伯伯聊天，他的问题总是很多。

清辉伯伯喜欢冰雪聪明的坚措问他各种各样的问题，他每次都会很耐心地解答。

"天鹅是候鸟，冬天到暖和的地方过冬，夏天去凉快的地方，在那里谈恋爱，产卵，孵化，养育它们的'丑小鸭'。按理说，你们这个高原小城，冬天也并不暖和，但为什么天鹅还要到这里来过冬呢？我想，首先是这里安宁祥和的环境吸引了它们，另一方面它们一定是来自更寒冷的地方，它们应该是来自俄罗斯的西伯利亚。"

"西伯利亚？很远吧？"

"很远。西伯利亚很冷，那里年平均气温在零度以下，冬天的气温多数在零下二三十摄氏度，它东北部的雅库特地区的绝对低温能到零下七十摄氏度。"

"哦。"坚措只是回应清辉伯伯的话，对于平均气温、绝对气温、零下七十摄氏度，是什么意思，他完全不能消化。

"每年从西伯利亚迁徙的天鹅有很多，它们一般会沿着三个方向飞到不同的地方，飞到你们这里来的是比较少数的，多数会去更暖和一些的地方，比如山东沿海地区，这几年也有很多天鹅去河南的三门峡越冬。"清辉伯伯继续说。

"清辉伯伯，您说的这些，我都不知道，我懂的太少了。"坚措把望远镜从眼前挪开，满脸沮丧。

"坚措，别着急啊，你还小呢，将来都会知道的，而且你肯定有机会去我说到的那些地方，你努力读书，将来到北京读大学！"

"我可以吗？"坚措眼睛里闪着兴奋的小星星。

"你当然可以！像你这样聪明的小孩子都不可以，谁可以呢？"

"嗯，我知道我是聪明的，活佛也总是这样说呢！"坚措暗暗地捏紧小拳头，"不过，还得加油！王丹老师总是跟我这样说。"

"活佛说得对。王丹老师说得也对。"清辉伯伯笑着，亲昵地捏捏坚措的小脸蛋儿。

这里是天鹅们的天堂，也是坚措和清辉伯伯的乐园。


6


太阳慷慨地把自己最后的金色投进这静静的湖里，熔金般的湖水渐次涨开，整个湖面闪着金波，那么亮，那么暖，那些白色的大鸟，也变成了金色，它们像一朵朵浮在水上千姿百态的金色莲花，那么美，那么自在。

清辉伯伯、坚措和他的小伙伴们出神地看着这美丽的湖面。

突然，"砰"的一声巨响。北岸的鸟儿突然高声鸣叫起来，接着奋力地飞起来。只可惜，天鹅这种体形巨大的家伙，起飞并不轻松，需要在水面上或者地面上助跑十几米甚至几十米才能真正飞到上空。倒是秋沙鸭、潜鸭和苍鹭、白鹭这些鸟儿显得机敏而轻盈，很快飞起来，眨眼便看不到它们的踪影。

"怎么回事？"清辉伯伯连忙站直身子，从嘎玛巴桑的手里拿过望远镜向北岸望去，"老天啊，居然真有猎鸟贼！"

清辉伯伯把望远镜给坚措，自己又凑到他的"800 定焦"里去看。

坚措从镜头里发现了北岸的情况，那里不知什么时候来的一辆越野车正赫然停在湖边，小路左右的芦苇都被车子碾折、压倒。车子旁边有三个男人，其中一个人手里仿佛还拿着猎枪。

"清辉伯伯，他们有枪。刚才的响声是枪响，是他们打的枪。"坚措说。

"嗯，我看到了，他们用的是自制的猎枪。"清辉伯伯一边说一边快速地按下快门，他要把这些人拍到相机里。

"怎么办？他们在杀天鹅！"索南和嘎玛巴桑、益西加措、才周都紧张起来，急性子的索南立即就向北岸跑去，清辉伯伯还没来得及拦他，坚措、嘎玛巴桑、益西加措、才周都跟着跑起来。

清辉伯伯以最快的速度把长镜头放进背包，背起包，手里拿着没有来得及装进包里的相机，也向北岸跑去。

他们这一跑，湖里的鸟儿全部都得到危险的信号，飞起来，一只也不剩了。远远看去，小家伙们的头顶上飞着各种鸟儿，清辉伯伯端起相机，一边跑，一边摁了几个快门，小家伙和鸟儿的合影被永远地留了下来。

湖不大，可也不小，小家伙们跑得气喘吁吁，终于来到北岸，马上就要跑到那几个人面前了，可他们迅速转身上了越野车，车子飞一样地顺着来路在暮色中消失了。

大家在附近找了一大圈，并没有发现受伤或者被猎杀的鸟儿，心里稍稍舒了一口气。

寻遍这一大圈，天早已黑透了。突然，他们听到曲珍婶婶在远处喊。小家伙们急急忙忙丢下清辉伯伯，向寺院里跑去。仁登师父这回肯定是真生气了，都打发曲珍婶婶来喊了。小家伙们心里都很忐忑，步子迈得更加用力。

清辉伯伯又回到东岸，把刚才没有来得及收拾的三脚架折叠好，装进背包，也向着寺院的方向走去。

清辉伯伯来到寺院的时候，小家伙们刚刚被仁登师父批评完，正要吃晚饭。

小家伙们看到清辉伯伯来到寺院，赶紧跟仁登师父做介绍："这是专门研究鸟类的科学家哦！"

仁登师父和小家伙们都热情地让清辉伯伯坐下来，跟他们一起吃晚饭。坚措还让清辉伯伯跟仁登师父讲刚才在湖边发生的事，一来是为向仁登师父再次证实自己和小伙伴们回来晚了的原因，二来也是希望清辉伯伯和仁登师父商量商量怎么让这些猎鸟贼不要再来。

清辉伯伯当晚就在寺院里住下了，这让大家都好兴奋，因为寺院里很少很少有外人留宿的。

第二天清早，清辉伯伯到大经殿里拜了佛，点了酥油灯，为晨读的小喇嘛们拍了很多照片。小喇嘛们开始上午的功课，坚措背上书包去了村子里的民族小学。清辉伯伯起身告辞，他说他先去附近的派出所报个案，然后会一整天守在湖边，提防着那些坏人再来。

下午放学后，坚措又来到湖边。清辉伯伯说今天那些坏蛋没有再来，但湖里的鸟儿明显比昨天少了些。

"看样子，很多鸟儿昨天晚上没有回到这里，它们会去哪儿呢？"清辉伯伯说。

"不用担心，它们一定是在安全的地方过夜了。我知道

的，离这里不远还有两个小湖，它们一定是去那里了。"坚
措说。

"真的吗？还有两个小湖，太好了，希望它们在那里很
安全。"

"放心吧，那里很安全，平时没有人会走到那里去，我带
着你去看看？"坚措问清辉伯伯。

"好啊！"清辉伯伯刚要起身，立即又回到原地，"不不，
还是不要去了，它们昨天受了惊吓才躲走的，我们还是不要
再去惊扰它们了！"

"还是您想得周到！不去了，它们会回来的。"

"就在这里等它们。"

过了一会儿，清辉伯伯问："坚措，你又不是小喇嘛，为
什么要住在寺院里？"

清辉伯伯的话，让坚措的眼神瞬间暗淡下来，很久都没
有说话。直到分别的时候，坚措才跟清辉伯伯说："我家就
在村子里，但我家里没有人。我阿爸脾气不好，他总是欺负
我阿妈，后来，我阿妈就走了，再也不回家了，再后来，我
阿爸去了我们搬来之前的草场帮人家放牧，把我托付给了寺
院的噶陀活佛。仁登师父说给我剃度做小喇嘛，但活佛不同
意，他说我聪明，造化不同，将来要走不一样的路，就让我

去了村里的学校读书。"

清辉伯伯轻轻地把坚措搂进怀里。

"清辉伯伯，我希望，我阿爸和阿妈能像天鹅爸爸和天鹅妈妈一样形影不离，也总是和自己的孩子在一起。"

清辉伯伯把坚措搂得更紧了。

7

周末，要期中考试，所有的老师都布置了很多作业，坚措被这些作业拖累得根本没有一点儿自由的时间，连仁登师父都有点儿心疼他了，还劝他：实在写不完就算了吧，不能太累啦。

可是作业不完成，要挨罚的。尤其是教汉语的王丹老师，可严着呢——课文不会背会罚站，听写不过关会罚抄书，作文写不好要打手心，要是连续几次作业完不成要把名字报到校长那里，唉，别提有多麻烦了！

坚措有点儿羡慕小喇嘛们的生活了，虽然每天要很早起来诵经，也要学算术和藏语等功课，但至少仁登师父是温和可亲的，从不责罚大家，最生气也不过是用比平时严肃的口气多唠叨你几句。

干脆也做小喇嘛吧，做噶陀活佛和仁登师父的弟子，多好！坚措心里悄悄地这样想着，可是，做了喇嘛，就不能做其他的了吧？将来，我还想做像清辉伯伯那样的工作，一辈子和鸟儿们在一起，多么好！要想成为清辉伯伯那样有学问的人，就要好好地读书。清辉伯伯不是说了吗，将来去读北京的大学，天啊，那得多么好，是不是？

坚措常常这样，小小的心里充满了这类甜蜜的苦恼和矛盾，发一会儿呆，然后又接着苦写作业。

坚措已经三天没去金子湖了，他可真想清辉伯伯和那些大天鹅啊，恨不得也像天鹅那样长出巨大的翅膀，飞过去，哪怕就看一下再飞回来呢。虽然离湖边只有几千米的距离，但对现在的坚措来讲，就好像隔着千山和万水。

这几天，那些带猎枪的坏蛋又来了吗？要是清辉伯伯一个人遇到他们，会不会有危险？

想到这些，坚措的担忧占了上风。周四的中午，他跑到金子湖畔遛了一圈，可并没有见到清辉伯伯。不过，金子湖依然那样静美明亮，湖里的天鹅和芦苇丛里的鸟儿们似乎并没有什么异常，他只得安慰自己不必想得太多，赶紧跑去学校。

周五下午，终于考完了试。

坚措从学校出来，连书包也没有来得及放回寺院，就向金子湖跑去。

真好！清辉伯伯仍在老地方。

清辉伯伯的身边多了一块竖起的牌子，牌子的两面都写了汉字。

正面的字很多，凭坚措的汉语水平，自然是认不全那些字的，但那上面的意思，他是看懂了的。牌子最上面是鸟儿的大头照，旁边就是关于鸟儿的介绍。而牌子的背面，字就少了很多，只有两行，字体也很大，坚措念出来：

　　关爱生灵，保护鸟类。
　　同在地球上，共享大自然！

坚措向湖的四周望了望，这样的牌子，还有好几个。坚措几乎是绕湖跑了一圈，一个一个地看过来，每个牌子上的鸟儿都不同，每个牌子后面的两句话也不同。

清辉伯伯做了一件多么好的事啊！

接着，坚措也忙碌起来。他拿出自己书包里的铅笔，他在牌子背面"关爱生灵，保护鸟类"后面的空白处，用藏文写上："ཚེ་སྲོག་བྱམས་སྐྱོང་། འདབ་ཆགས་སྲུང་སྐྱོབ།"

可是铅笔的痕迹太轻了，反复涂了半天，字迹依然不醒目。清辉伯伯从他那巨大的迷彩包里掏出一支黑色的记号笔来。啊！这就太棒了！

把湖岸边的几块牌子都写好，天色已晚，二人匆匆互道再见。

回到寺院，坚措把清辉伯伯做牌子的事对小伙伴们和仁登师父说了。

仁登师父问："那些猎鸟的人又来了吗？"

"听清辉伯伯说，再没有来过，大概是被吓退了。清辉伯伯说他报了案之后，派出所的警察叔叔每天都会来这里走一圈，他们也在湖边立了一块牌子，上面写着：猎鸟就是犯罪。"

"哦，这样啊。"仁登师父笑笑。

"那鸟儿们都回来了吗？"索南问坚措。

"回来了，天鹅和其他的鸟儿们又都回到金子湖了。"

仁登师父又说："这个远道而来的汉族人，可以成为永远的朋友呢！我们明天一起去湖边祭湖吧！"

第二天一早，仁登师父带着寺院的所有人来到了湖边，连曲珍婶婶都来了，要是活佛在家，他肯定也要来的。

仁登师父带着大家转了湖，向湖里抛撒了糌粑和五谷。

然后，仁登师父又带着大家一起在湖边垒起了一个玛尼堆。

清辉伯伯来的时候，大家刚刚转完湖，他就跟着大家一起捡石头。垒玛尼堆的时候，他虽不会念诵经文，但也虔诚地双手合十在额前。他听不懂仁登师父和小家伙们念的是什么经文，可他能猜到，他在心里默默地祈祷：愿上天降福，让鸟儿们平安；愿天下一切生灵，都吉祥如意！

仁登师父把一条洁白的哈达献给了清辉伯伯。

## 8

风吹在脸上已经开始刺骨了，高原的深冬正在来临。

但此时的坚措和清辉伯伯，心并不在这寒冷的风上。他们在湖边已经待了很久。望着湖面，望着那铺了一层碎银般月光的湖面，他们心绪有些凝重，这凝重来自别离。清辉伯伯说他的假期结束了，明天一早就要回北京，再来，最快也要等到明年暮春天鹅准备离开的时候了，如果春天来不了，只好等到来年冬天。

清辉伯伯送给坚措一本相册。相册里面全是天鹅的照片，有展翅飞翔的，有在湖面戏水的，有在岸边打架的，有把大半个身子探进湖水里觅食的，还有亲亲密密用长脖子摆出桃心秀恩爱的，千姿百态，美不胜收。

除了天鹅，还有清辉伯伯在寺院里拍的照片：华丽的大经堂、曲珍婶婶那种满了花儿的玻璃小廊，当然还有仁登师父诵经、小喇嘛们游戏的照片……每一张都是那么生动、鲜活、美丽。

最后一张，不那么清楚，但却最有意义，就是那天去追猎鸟贼的时候拍的。索南跑在最前头，虽然他一手扶着眼镜，一手提着僧裙，但还是跑在最前面；索南身边的是和他一样大力奔跑着的才周，才周个子不高，但他甩开了胳膊在奋力向前，风把他绛红色的袈裟都要吹掉了，在身后飘着；索南和才周身后是坚措，坚措那天的校服被曲珍婶婶脱下来洗了，他穿了一件青色的藏袍，脚上的鞋子却跟他的衣服不太般配，是一双运动鞋……现在看照片，坚措想，要是当时穿着那双小牛皮藏靴，这照片上的自己就更英俊啦！益西加措当时跑在坚措左边，此时在照片里只露出半个模糊的身子；最后是小胖墩儿嘎玛巴桑，他跑得相当吃力，浑身的肉肉都在颤动，看上去很是滑稽。

坚措把这本精致而珍贵的相册紧紧地抱在怀里，望着水面上那些在夜色中隐隐约约轻轻移动的"小帆船"，有些惆怅，又有些不舍。

天鹅是这个世界上最好的鸟儿，它们最美丽，最忠诚。

天鹅爸爸只爱天鹅妈妈一个，天鹅妈妈也只爱天鹅爸爸一个。如果有一个受了伤，另一个会夜以继日寸步不离地守护着它；如果有一个不幸死掉，另一个会悲伤绝食，然后迅速死去。

这都是清辉伯伯告诉他的。清辉伯伯在说天鹅爸爸和天鹅妈妈的爱情时，用了两个词，一个叫"生死相依"，一个叫"忠贞不渝"。

但人的世界里，是多么不同，夫妻要分离，就像阿爸和阿妈；朋友也要分离，就像自己和清辉伯伯。坚措心里想到这些，更加伤感，这伤感如此汹涌澎湃，裹挟着他那颗敏感的心和他那小小的身躯。

月亮，已经爬上半空，清辉伯伯依然舍不得离开，他舍不得这片湛蓝的湖水，舍不得这些美丽而忠贞的鸟儿，舍不得善良纯洁的坚措，也舍不得这段宁静而自由自在的假期。

坚措也舍不得清辉伯伯，尽管清辉伯伯已经几次催他离开，怕仁登师父担心，但坚措还是不走。

9

还是，说再见吧。

九岁的藏族男孩坚措，五十二岁的在北京研究鸟类的学者清辉，此时，他们并排坐在金子湖岸边。他们这次没有选择隐藏在芦苇丛里，而是选了一个天鹅和他们一抬头就能彼此看清的敞亮位置，月光，像照亮湖水一样，照亮了他们。

"我听说，'措'在藏语里是'湖、海'的意思，对吗？"清辉伯伯问身边的坚措。

"是的。"

"坚措，你知道我的名字是什么意思吗？"

坚措摇摇头。

"我的名字是我父亲给我取的，可是我还没有来得及问他我的名字是什么意思的时候，他就去世了，那年我三岁。等我长大念了书，我才知道，我的名字是'月光'的意思。我妈妈回忆说，她生我的时候是在一个冬天的晚上，月光很好，我猜想，就跟现在的一模一样。"

坚措抬眼望天上的圆月，又望着圆月洒满人间的清辉，清辉如水般清凉、沉静、温柔，充满了奇异的美。

"我是湖水，你是月光。"坚措说。

"嗯，你是湖水，我是月光。"清辉伯伯说。

他们俩的声音很轻，像是怕惊扰了这来去的风、打着瞌睡的芦苇和湖面上那些已经悄悄把头埋进翅膀的大鸟。

# 我等它们

自从前天下午在人民公园里看到盛开的郁金香之后，嘎玛巴桑的第一个感受就是，郁金香是这个世界上最美的花！紧接着，他就想，这世界上最爱花的人——曲珍婶婶应该养上一盆在她的玻璃走廊里。

　　自从仁登师父请了工匠来把厨房外面的走廊封上玻璃之后，这暖洋洋的玻璃走廊就变成了曲珍婶婶的小花房，她把这个小小的空间用各式各样的花盆填得满满当当的，连走路也得谨慎下脚，一个大意就会踢翻一盆月季或者仙客来，当然也有可能是绿萝或者臭海棠。

　　曲珍婶婶除了爱她每天给煮饭吃的几个小喇嘛，最爱的，就是她的这些花了。

　　这些花没有一盆是名贵的，也没有一株是种在名贵花盆里的。曲珍婶婶养花最大的特点就是因地制宜把生活中的废物改造成花盆，比如缺了口子的饭碗，吃完了饼干的小铁盒，用完了洗衣液的塑料桶，甚至连仁登师父穿破了底子的牛皮短靴，都是她的"花盆"。

如果你第一次来到寺院看到曲珍婶婶的"小花房"，会和多数人一样瞪大眼睛，有审美力的人会赞美曲珍婶婶的创造力，而那些缺乏审美力，又没那么善良的人，会瘪着嘴巴吐槽：这简直乱七八糟到了极点啊！

当然，曲珍婶婶并不在乎别人的看法，我行我素种得不亦乐乎，反正，噶陀活佛是支持她的。活佛有一次站在一盆开着花的月季面前，微笑着用手抚摩了花，还说，好香。自那时起，曲珍婶婶就认定活佛是爱她的花儿们的。

在所有的小喇嘛当中，小胖墩儿嘎玛巴桑最支持曲珍婶婶养花，他的支持可不只是嘴巴上说说，他总是帮着曲珍婶婶提水浇花，也帮着曲珍婶婶制作各式各样的花盆，就算有时候曲珍婶婶像收留流浪猫流浪狗一样捡那些被主人丢掉的、半枯的花草回来，嘎玛巴桑也不嫌弃，还和她一起种。

送一棵郁金香给曲珍婶婶。这是嘎玛巴桑当下最大的愿望。

星期天早晨，嘎玛巴桑先跟着仁登师父诵完经，然后又跟仁登师父要了十块钱，请了假，就坐着公交车去了市中心的人民公园。

无论如何，我今天得去求一棵郁金香来。

今天的公交车走得好慢，大概是因为星期天的缘故，公交车在每个站都会有人上车下车，要是平时，根本没有这么多人，路过没有人等车的站，司机连刹车都不会踩一下。

嘎玛巴桑跳下公交车，迈着胖胖的小腿，穿过斑马线，就到人民公园的大门口了，虽然有看大门的，但不必买票。

嘎玛巴桑快步进了公园的大门，穿过一小片水泥广场，向南一拐。

满园的郁金香，红的、粉的、黄的、紫的、白的，各色开得正葳蕤生光的郁金香全都向着嘎玛巴桑的双眼扑来，这艳丽，直逼得嘎玛巴桑想掉眼泪，它们甚至比前天来的时候开得更娇艳。太美啦，真的太美啦！

嘎玛巴桑连连念了几遍六字真言，仿佛非如此不能压制住自己那拼命乱跳的赞叹！

曲珍婶婶必须拥有这样的美啊。

可是，怎样才能得到一棵郁金香花苗呢？

嘎玛巴桑顺着郁金香花田向里走，这一大片一大片的郁金香，哪一棵才是属于他的呢？哪一棵才是最后被他带回噶陀寺曲珍婶婶那简陋杂乱的小花房的呢？

　　嘎玛巴桑继续向里走着。他其实并没有什么可行的方案。

　　买一棵？跟师父要的十块钱，来回坐车要花四块，剩下的六块可以买一棵吗？关键是，跟谁去谈买花的事呢？嘎玛巴桑四下里张望了几遍，这些花完全没有主人，至少不像大门口的那个雪糕摊，如果你要买雪糕，立即就有主人来告诉你雪糕的价格，然后任你挑选，再收钱。可是这些郁金香没有主人，哦，也并不是没有主人，它的主人叫"公园"，可是，这"公园"不会说话，又不会做生意，唉，怎么办呢？

　　拔起一棵？虽然"公园"这个主人不说话，不做生意，显得很不称职似的，但终归人家是主人，没有经过主人的同意，拔人家的花，那就是偷。偷，是多么可耻的事！别说活佛，就是让仁登师父知道了，也要被大罚特罚的吧，再说，偷来的郁金香送给曲珍婶婶她怎么会开心？嘎玛巴桑赶紧念了几遍六字真言，把这蠢念头赶到天际以外。

　　嘎玛巴桑从来没有感觉像现在一样无助，像现在一样没有头绪。

　　在这花间小道上走了好几圈，嘎玛巴桑觉得又累又沮丧，他在一棵大树下的长椅子上坐了下来，椅子的前面是一片纯洁的白色郁金香，椅子后面是一片粉色的郁金香。

　　这些明亮的花儿，像一个个小小的灯盏，仿佛点亮的人间烟火，不知忧愁。

嘎玛巴桑坐在长椅上，双脚半缩在椅子腿儿的横梁上，双手撑着自己胖嘟嘟的脸，无奈地东张西望。

远处，和白色郁金香花田相邻的那片黄色的郁金香花田里，有一个人，他一会儿蹲下去，一会儿又站起来弯着腰，他在做什么？

嘎玛巴桑站起来，向那人走过去，那人穿着一身蓝色的工作服，头发和胡子都花白了。他手里拿了一把小花锄，在一行行的花棵之间小心地挖出一道浅沟，然后把小袋子里的灰色花肥丢进浅沟里，啊，他正在给花儿们上肥呢，他是公园里的园丁。

嘎玛巴桑轻轻地笑了一下，主动跟那人问好："园丁爷爷，您好！"

园丁爷爷抬起头看了一眼这个胖嘟嘟的小喇嘛，温和地说："啊，你好啊，小阿卡。"

"爷爷，需要我帮忙吗？"嘎玛巴桑热心地说。

"哦，不用不用，这点儿小活儿还需要人来帮忙，那我可就要退休啦！"园丁爷爷笑着说。

"园丁爷爷，我想跟你学种花，我们寺院里的曲珍婶婶是

这个世界上最爱养花的人，我学会了种花，回去也可以帮她
种啊！"嘎玛巴桑说。

"哈哈，真是个好孩子。"园丁爷爷指了指花田边上，
说，"那里的小推车上还有一把小花锄，你用它把我丢过肥
料的小沟埋平吧。"

"好嘞！"嘎玛巴桑应得特别爽利，并且马上去拿小花锄，
开始帮园丁爷爷工作。两人一边干活儿，还一边闲聊着。

"爷爷，这些郁金香是什么时候开始种的？以前好像没有
见到过啊！没想到我们这里也能种这么漂亮的花。"

"你可说对了，以前还真是没有种过呢，这么大面积的这
还是第一茬，没想到长得这么好，真是老天帮忙呢！"

"爷爷，郁金香是这个世界上最美的花吧！您看，多好
啊！"嘎玛巴桑说得很真诚。

"是啊，最美。你可不知道，我们公园为了把这些花种到
咱这高原小城，下了大力气啦！"

"真了不起！爷爷，这些花都是您种的吗？"

"哈，我可没有那么大的本事啊，我们公园里，加上我一
共有八个园丁呢。最不忙的时候，在种和剪花的时候。现在
是花期，最忙，八个人从早到晚地忙也不行呢！"

"哦！"

"小阿卡，你的汉语说得还不错呢！谁教的？"

"我们活佛会教一点点儿，主要还是跟村子里那些在学校里上学的小朋友学的，他们在学校有汉语课。"

一片花田的肥料全部上完，花了园丁爷爷和嘎玛巴桑两个多小时的时间呢，抬头一看，都中午了。

分别的时候，嘎玛巴桑终于还是鼓起勇气，对园丁爷爷说："爷爷，您能送我一棵郁金香吗？"

园丁爷爷愣了一回，马上拿起剪刀，要剪那金黄色的花朵。

"不不不，爷爷，我不是要花，我要一整棵，我要送给曲珍婶婶养在她的小花房里。"嘎玛巴桑赶紧拦着。

"一整棵？"园丁爷爷缩回手，"一整棵，不太行啊，挖掉一棵，就是个缺口，这缺口在哪里都是难看。再说，现在这个季节，一整棵拿回去也种不活。"

"哦。"

"我还是剪下几枝花头送你吧！"

"不不不，爷爷，不能剪！"

园丁爷爷轻轻地笑了，说："郁金香的花期只有这十多二十天，这一片开得最早，大概这个星期都过不了，就会败了，所以，现在不剪，最多五六天之后也要都剪了，养养花根，明年才好种。"

多么美的花啊，即使现在不能种，但带回去让曲珍婶婶看看，还不知道她得多欣喜呢！嗯，她肯定要把它们供在大经殿里的四臂观音像前呢！

但，这不可以。

"真的吗？它们只能再开几天了吗？"嘎玛巴桑有些难过。

"是啊。孩子，花都是在开得最盛的时候开始败落。"园丁爷爷也显得有些伤感。

"那，我也不要现在杀死它们。我等它们。"嘎玛巴桑说得很肯定。


回到寺院，仁登师父和伙伴们刚刚吃过午饭。嘎玛巴桑把剩下的六块钱还给了仁登师父，然后来到厨房，曲珍婶婶正在洗碗。见到嘎玛巴桑立即甩甩湿淋淋的手，把锅里留给他的饭端出来："嘎玛巴桑，你这调皮的小肉墩儿，一整个上午都跑哪儿去啦？"

"我……我去公园看花了。"

"看花？什么花？好看吗？"

"汉语叫作'郁金香'，好看，很好看，是世界上最美的花！"

"世上最美的花?!"曲珍婶婶有些疑惑。

"是最美的花。它们每一朵都那么干净明亮。它们的样子,就像,就像一盏盏灯,就像没有完全绽开的莲!"嘎玛巴桑用那双胖乎乎的小手在胸前比画着,他有点儿不知怎样描述,"像……对,最像四臂观音菩萨半合在胸前的那双手。我觉得,它们每一朵花里都藏着一个度母,白色的花里有白度母,黄色的花里有黄度母,……每一朵都好,看着它们,心里就会感觉暖暖的,亮亮的,美美的。"

曲珍婶婶被嘎玛巴桑的描述带至幸福之境。

嘎玛巴桑吃饭。曲珍婶婶继续洗碗。

嘎玛巴桑吃完饭,提着浇花的喷壶,到玻璃廊上浇花,他今天浇得格外认真,几乎每一盆都照顾到了。


这世间的等待,多是充满了希望和期冀。

但小喇嘛嘎玛巴桑的等待,充满了悲伤,他希望时间可以慢些。

他在等花儿凋谢,他在等这世上最美的花儿失去颜色和生机。


离上次去公园已经五天了。虽然不是星期天,但嘎玛巴桑还是特意跟仁登师父告了假，又跟仁登师父要了十块钱，离开寺院，来到人民公园。

路上，嘎玛巴桑想象着那些美丽的郁金香如园丁爷爷说的那样，开始枯萎，心里隐隐地担忧不忍。

但没有想到的是，进了花田，花儿们正美丽地绽放，只有儿朵失去了颜色。

上次遇到的那位园丁爷爷今天在粉色的郁金香花田里忙碌。

"小阿卡，你又来了！"园丁爷爷远远地就看到了嘎玛巴桑，先跟他打起招呼来。

"园丁爷爷，您好啊！"

"小阿卡，你看，这些花儿还开着呢！"

"是啊，真好，还开着。"嘎玛巴桑望着这一大片花田，笑着。

嘎玛巴桑这次倒并没有在公园里停留很久，帮园丁爷爷干了一点儿活儿，很快又回到寺院。

走的时候，园丁爷爷又说："剪儿枝吧，剪儿枝带回去吧？"

"不。我等它们。"


又过了四天，嘎玛巴桑再次来到人民公园。

粉色和红色的郁金香都还好，但黄色、白色和紫色的郁金香花田里，已然不是几天前的模样了。大片的花儿们，花瓣皱起，花色暗淡。几个园丁都在花田里忙碌，他们正在用剪刀把枯萎的花头剪下来。那些被剪下来的花朵，散落在花田里，令人心酸，嘎玛巴桑那胖胖的脚步几乎有些趔趄。

　　"哎呀，哎呀，哎呀!"他其他的话好像都不会说了，他知道会是这个样子，他等的就是这个样子。但，他还是伤心，却又无奈。

　　嘎玛巴桑在花田边的长椅上坐下来，看着园丁们在忙碌。他看到了上次跟他一起施肥的那位园丁爷爷，不过这次，他没有热情地过去帮忙。

　　整齐的花叶，居然也绿得很艳丽。嘎玛巴桑没有想到少了花朵，郁金香的叶子也是这样漂亮! 这多少给他那恓惶的心添了点儿安慰。

　　园丁们把剪下来的花全部都收集到了一处，堆放在一起，然后，收拾工具，准备离开，他们还有忙不完的工作呢。

　　"园丁爷爷，这些花能送我一束吗?"嘎玛巴桑来到他认识的那位园丁爷爷跟前，指着地上那些被丢弃了的枯花说。

　　"当然，小阿卡，你拿吧，多少都可以。"

　　"谢谢爷爷!"

园丁爷爷推着装了工具的小车走了几步，然后又回头对嘎玛巴桑说："好孩子，你到秋天再来，我送你几棵花苗，拿回去给曲珍婶婶种。"

"哦呀，哦呀，谢谢爷爷！"

嘎玛巴桑捧着一大束半枯萎的郁金香，坐着公交车，回了寺院。

"这就是你所说的世上最美的花？"曲珍婶婶接过那一大捧郁金香。

"是……"嘎玛巴桑有点儿犹豫，他取出其中一枝，举在曲珍婶婶的眼睛前，"婶婶，它不是吗？"

"嗯，嘎玛巴桑，我也觉得它是。"曲珍婶婶把花捧起，马上又腾出一只手来，捏着嘎玛巴桑的小胖脸蛋儿。笑靥如花。

# 雪下到千里之外

# 1

天气晴朗得没有一丝犹豫，阳光慷慨地普照着大地。

噶陀活佛被邀请参加四川噶陀寺的佛法活动，他带着一众人都去了。连曲珍婶婶也趁着这个机会告假去西宁的女儿家里过年去了。所以，寺院里只剩下仁登师父、小喇嘛多吉和平措。

其他还好，只是曲珍婶婶不在，煮饭成了头等麻烦事。现在的一日三餐都是仁登师父在张罗，这对于他来说，也实在是件棘手的事儿。见到仁登师父每天手忙脚乱的样子，多吉和平措没有更好的办法，只得比平常更殷勤地为仁登师父打下手，把打扫、洗碗这类事做得更细致周到。

这天，午饭过后，平措又抢着洗碗，让仁登师父赶紧去僧舍休息。多吉想扫地，平措说："我来，你回屋午睡吧。"

平措从厨房里出来，他刚刚洗完碗，双手湿漉漉的。他一边在本就不太干净的紫红色袈裟上擦着手上的水，一边仰起小脸望着蓝天，又特意地看了一眼明亮的太阳，然后，闭起眼睛，叹了一口气，小声地嘟囔着："干吗要这么亮！"

平措又向仁登师父的房间看了一眼，仁登师父大概已经睡着了吧，整个寺院安静得如同煨桑炉里升起的柏烟。

平措悄悄地出了寺院。

## 2

桑丁大叔的商店位于村子的西门口，这是村子里唯一的商店，面积并不太大，只有五十多平方米，但商品却十分丰富，食物、果蔬、日用、服装和家居用品一应俱全，所以，整个店面看上去杂乱而拥挤。

桑丁大叔坐在自家商店柜台后面的椅子上。这椅子是桑丁大叔的专座，这本来是一把普通的木椅，但桑丁大叔给椅子上垫了厚厚的羊毛卡垫。虽然这卡垫旧了，但依然能感觉出坐上去的舒适和惬意，至少，大家看到坐在椅子上的桑丁大叔总是那么闲适而悠然。即使有人来买东西，他也是慢慢悠悠地起身取货，任人挑拣着，自己复又坐在椅子上，那意思：只要你愿意，你挑个一年半载，我也有耐心等你，并不埋怨。

此时，似乎有些反常，桑丁大叔的脸色跟平常有些不同，悠闲和舒适的表情完全没有了，手里端着一杯茶，却忘记了喝，他身边的柜台上还摆着一盘早没有一丝热气的炒米饭，显然是他放置半天也没有吃的午餐。桑丁大叔眼睛专注地盯着电视，电视挂在东墙上，电视两边挂满了待出售的女式围巾和帽子。

平措掀起门帘进了桑丁大叔的商店。

桑丁大叔听到门帘和有人进屋的响动，轻轻地回头看了一下，又马上盯回到电视上，没有说话。

平措也没有说话，站到柜台前，侧着身子，盯着电视。

已经连续三个中午了，他都会来这里看电视，看半个小时左右的《玉树午间新闻》。昨天开始，玉树电视台增加了一个专题节目——《雪灾现场》。

"桑丁大叔，您今天看到卓玛姐姐了吗?"

"看到了，她刚才还拿着话筒采访了一个大车司机……喏喏喏，你看，你看，卓玛，我的小卓玛，又出来了。"桑丁大叔指着电视上的那个穿着厚厚暗红色羽绒服、手里拿着长话筒采访着救灾人员的藏族女孩叫平措看。

"卓玛姐姐真了不起啊!"平措由衷地赞叹，沉默一下，又说，"多幸运啊，能够在那里，我要是也在那儿该多好!"

"小平措，你说得对，要是我也能在那儿多好，我就能帮帮那些可怜的人和牛羊。"桑丁大叔说，"平措，已经有两万多只牛羊被冻死了，还有人，唉，还有人，受灾的人也很多啊！"

平措接口念了几遍六字真言，表情悲伤。

"桑丁大叔，今天电视上有杂多县的情况吗？"平措像是鼓足了十二分的勇气，才终于问了这个问题。

桑丁终于把眼睛从电视上挪开，他盯着平措，"小平措，你是问杂多吗？"

"嗯。"

"为什么要问杂多县？"

"我阿爸在那儿。"

桑丁没有再说话，表情更加凝重了些。杂多县是这次灾情比较严重的两三个县之一，大雪几乎把整个县的县城和牧区都给覆盖了个严严实实，积雪最深的地方已经超过半米了，几乎全县所有的牧民都受了灾。平措的阿爸自然不会逃过，只不过是灾情大与小的分别而已。

怪不得这个小喇嘛这几天都到这里来看电视。

## 3

平措真的在电视上看到阿爸了!

那是《雪灾现场》节目开播的第五天中午,桑丁大叔的女儿卓玛和她的摄制组来到一个很偏远的冬牧场里,那里被困了几户牧民,其中一个人就是平措的阿爸才让。

卓玛姐姐还是穿着那件红色的羽绒服,又长又黑的长头发辫成一条独辫,乖顺地拖在脑后,虽然额前碎发零乱,一脸疲惫,但依然很漂亮。她的摄制车后面还跟着两辆救援卡车,车上有给牛羊带的干草料,还有给人带的被褥、衣物和食物,当然还有一些简单的药品以及消毒液。卓玛姐姐正采访一个受灾的牧民,那个牧民就是小喇嘛平措的阿爸才让。

阿爸的样子真狼狈啊,裹着一条肮脏的氆氇毯子,头发乱得像个鸟窝,一边跟卓玛姐姐说着话,一边掉眼泪。

平措跑到桑丁大叔柜台里面,扑到墙上的电视机上,他是想抱着阿爸,但他抱着的是四四方方硬邦邦的电视机,一抬头,阿爸不见了,卓玛姐姐也不见了,屏幕上只有皑皑的白雪。

平措的心都碎了,阿爸太可怜啦,他一边用黑瘦的手拉着氆氇毯子往身上使劲地裹,一边跟拿着长话筒、穿着红羽绒服的卓玛姐姐哭着说那些牛羊都要冻死在山里了，那些羊多数是替别人放的，自己只有几只羊、一头牛，现在，大概什么也没有了。

"小平措，别哭了，过来，坐下吧。"桑丁大叔轻轻地把平措拉过来，从自己专座椅后面的货架下面拉出一张小圆凳，让平措坐下。平措的眼泪完全迷糊了双眼，但他仍是盯着电视。阿爸太可怜了！他又冷又饿又绝望，哎呀，我可怜的阿爸啊！

阿爸的画面很短，而且消失过后，就再也没有出现了。但平措还是坚持看完了再没有阿爸的《雪灾现场》，眼泪一直在流，阿爸那黑瘦的脸、黑瘦的手一直在平措的眼前晃啊晃啊。

平措坐在凳子上流泪，一直流。

桑丁大叔叹着气，不知怎样安慰这个可怜的小喇嘛，只是用手在平措的后背上轻轻地抚摩着。


4


仁登师父夹了一筷子牛肉焖豆角，放到嘴里，仔细地嚼着。

牛肉焖豆角是小家伙们平时最爱吃的一道菜，也是曲珍婶婶心情最好的时候会做的一道菜，只要有这道菜，饭锅里都得多加两勺米。仁登师父一边嚼着自己亲手做的牛肉焖豆角，一边给坐在自己身边的多吉夹了一块牛肉。

仁登师父盯着多吉吃，隐约有种期待的神情，但他并没有等到想要的赞美，多吉吃得很平静。如果是以往，他多半会一边大力咀嚼，一边大力赞叹曲珍婶婶厨艺高超。仁登师父轻轻地叹出一口气，又怅然地望向门外，院子里的小石凳上，坐着平措。

今天可没有那么好的太阳，天气从早晨开始就有些阴沉，倒没有什么风，早上起床的时候，仁登师父嘱咐多吉和平措要多穿一件衣服，多吉很听话，穿了他最厚的那件羊羔毛里子的棉袄。但平措似乎并不知道冷，他不仅没有加衣服，此时，他盘腿静坐在石凳上，居然半赤了上身，僧袍放在身边的另一只石凳上。他望着天空，保持这个姿势差不多已经一个小时了，从仁登师父做饭时开始。到饭好了，多吉去叫他吃饭，他也不动。

仁登师父放下饭碗，又叹了一口气。

"仁登师父，不是你煮的饭不好吃。"多吉说。

仁登师父笑笑。

"真的，师父，您做的饭好极了，牛肉烧得跟曲珍婶婶一

214

样香!"多吉再次强调，也向院子里望去，又说，"平措不是不喜欢你做的饭，他是、他是在担心他阿爸。"

"他阿爸？为什么要担心他阿爸？"仁登师父问。

"平措的阿爸在杂多牧区，他说他昨天在电视上看到他阿爸了，又冷又饿，羊也冻死了。"

"电视上看到？他在哪里的电视上看到的？"仁登师父有些不解，寺院里没有电视。曾经也有过一台电视，但噶陀活佛说，电视里花花绿绿的世界好乱，还是不看比较好，所以，仁登师父就把电视送给村子里的人家了。

"那天，您让他去桑丁大叔的商店里买盐，平措回来说，电视上说玉树这一个月都在下雪，有的地方还下了暴雪。平措这几天中午都不午睡，跑到桑丁大叔的商店里看电视。听他说，这几天中午，玉树电视台都有一个叫《雪灾现场》的节目，里面讲的都是雪灾的事儿，而且这个节目还是桑丁大叔的女儿卓玛姐姐主持的。"多吉一口气把平措的情况跟仁登师父说了。

"哦!"仁登师父点点头，又摇摇头，"那么，这个傻平措，是在做什么呢？"说着起身推门出去。

仁登师父走到平措跟前，看着这个平时少言寡语的孩子。仁登师父把平措的衣服披在冻得嘴唇发青的平措身上，自己坐到原本放袍子的凳子上。

"仁登师父，你看这天，会下雪吗？"平措问。

仁登师父抬起头，看了看天，说："也许会。"

平措轻轻地笑了一下。

"平措，不吃饭不行啊！"仁登师父轻轻地说。

"我阿爸就不吃饭，他没有饭吃呢！"平措小声说。

"平措，穿好衣服，回屋吧。"仁登师父又轻轻地说。

"我阿爸就没有暖和的衣服，他冻得发抖。"平措的眼泪已经涌出了眼眶。

"傻平措，难道你要让玉树的雪下到这里来吗？"仁登师父提高了声音。

"我不能让我阿爸一个人受苦，我得陪着他。"平措说。

仁登师父有点儿错愕，他简直有些怀疑自己没有听懂小平措的话。

这个平措，看上去一切都好，但就是有一股子犟劲儿，很不一般。仁登师父轻轻地笑了一下："怪不得小家伙们给你起个外号叫'牦牛'呢！"

仁登师父伸出大手抹掉平措的眼泪，然后合起双掌，念起平安经来。平措也合起双手，跟仁登师父一起念着平安经。唯愿远方的亲人，平安吉祥。

216

5

天并没有下雪，阴沉了一天之后，天空变得比任何时候都要明朗晴好。

平措已经连续三顿饭没有吃了，多吉端着一碗米饭到平措的僧舍里来，多吉的后面跟着仁登师父。

"平措，吃半碗也可以。"多吉劝他。

"平措，要么，只吃菜吧。"仁登师父语气依然那样温和慈爱。

平措摇摇头。

突然，窗外一片嘈杂，多吉探头一瞧，是一大群鸟儿。不，是两群鸟儿，一群鸟儿，是我们常见的麻雀，它们在这棵树上；一群鸟儿，不知是什么鸟儿，头和肚皮都是亮眼的黄色，看上去十分美丽，它们在另一棵树上。两群鸟儿彼此对着叽叽喳喳闹个不停，哈，这两群鸟儿难道是在吵架？

真稀奇呢，窗外居然有鸟儿在吵架。

鸟儿们的争吵吸引了这屋里的三个人。

"它们从哪里来的？怎么这么多？"

"它们在吵什么呢？"

"这边的鸟儿头上的毛都是黄色的，真好看！"

"它们是什么鸟儿？"

三人的声音不知不觉地大了，麻雀一向有胆，但那些黄鸟却显得谨慎些，它们听到人声便扑棱棱地飞起来。多吉赶紧把食指竖到嘴唇中间，做了一个小声的手势。

大家噤声又等了一会儿，黄鸟们又陆续地飞回来，"叽叽喳喳"的声音又渐渐地大起来。平措此时被鸟儿们吸引，充满好奇地看着窗外的鸟，暂时忘记了那重重的心事。

"仁登师父，它们从哪里来的，怎么突然到咱们这儿来了？"多吉问仁登师父。

"哈，有点儿蹊跷，有点儿蹊跷。"仁登师父似乎有些答非所问，不过他想了想，说，"这黄鸟应该是黄头鹡鸰鸟，它们平常都在金子湖和旁边的湿地附近活动的，怎么会跑到这里来呢？而且，这个时节它们应该早就离开这里了吧，不飞到暖和的地方过冬，居然还有闲心在这里跟麻雀们吵架！"

"哦！你们看，它们好像在抢那丛野青稞。"多吉指着树下那丛野青稞说。那丛野青稞，叶子早已经枯了，但顶上的穗子倒显得格外的丰美。

原来它们是在为野青稞吵架啊！

多吉和平措发现了鸟儿们吵架的缘由，看得更是兴致勃

218

勃，轻声的讨论更是热烈了。仁登师父看了一眼平措，说："平措，你看，鸟儿们都会为吃饱肚皮拼尽力气，吃饭是件多么紧要的事！"

"师父，我得陪着我阿爸，我不能让他一个人挨饿。"平措回过头来，说得那么固执而真切。

过了一会儿，仁登师父又说："我听说，很多人都在帮玉树呢，送了很多东西去，有食物，有衣服，有被子毯子，还有很多捐钱的，有了钱，开春就可以买小羊来养了。"

平措没有说话。

仁登师父又说："我给玉树的朋友打电话了，他说那里一切都好，很多受灾的牧民都暂时得到了安置。至少当下没有挨饿受冻的。"

平措不信，他认定这是仁登师父在安慰自己。他又想起阿爸可怜兮兮地裹着肮脏毸氇毯子的模样，眼睛又湿了。

"好了，平措，你别这样折磨自己了，菩萨会保佑你阿爸平安无事的！"

"可是……"

"这两天没再去桑丁大叔那里看电视了吗？"

"没有。我害怕再看到阿爸那可怜的样子，我的心都要碎了呢！"

# 6

月亮像一只银盘，高高地挂在天空。

大经殿高大阔朗的楼顶像是被镀了一层藏银，安静而明亮。

春天来了，青青的新芦苇差不多都长到旧芦苇的一半了，赤麻鸭和凤头䴙䴘成群成群地在金子湖里游来游去。它们就是这春光里的自由神，一会儿在湖面上嬉戏，一会儿钻到芦苇丛里小憩，让人羡慕。

平措在金子湖边的那条小道上跑着，步子那么轻盈，他要跑到芦苇丛里看看，有几只鸟儿已经开始产卵了，那白白的小鸟蛋多么可爱啊！他这样想着，可是突然，一阵大风向他吹来，几乎把他吹了个趔趄，他刚想稳住脚步，可风吹猛了，他瞬间变成了一张纸片，没有一丝重量，只能随着风走，平措被大风托着，在空中翻了好几个大滚，然后在湛蓝的金子湖上空停下。"啪！"平措掉进了冰凉的湖水里，溅起巨大的水花，把那对正在做游戏的绿头鸭吓得惊飞起来，还发出怪叫声。平措拼命在水里挣扎，但却没有办法使上力气，根本游不到岸边，平措越努力，似乎离岸上越远，平措拼命地呼救……

"啊!"平措叫了一声,一个激灵,被自己的梦惊醒。

平措是被冻醒的。

这几天都是盖着这个毯子的,可为什么今天晚上却觉得格外冷?

平措把身上那块薄毯子往身上裹了裹,躺好,想重新入睡。

可是他冷得睡不着,小小的身子几乎有些发抖。

厚被子就在小柜子顶上,叠得整整齐齐呢,伸手就可以够着,抻开被子就能拥有一个暖暖的被窝。可是,不能去拿啊,因为要陪着阿爸啊,阿爸现在还在灾区呢,那里的雪厚得都过了阿爸的腰,到处冰天雪地,哪里来的厚被窝?唉,可怜的阿爸啊!

想到阿爸,平措跪在床边,双手合十轻声地念了三遍平安经。

"阿爸是怎么对付冷的呢?"

平措起身悄悄地出了房间,穿过僧舍外面的走廊,来到院子里。银色的月光如清水般倾泻在寺院的每一个角落,铺了方砖的地面也被月光照得白晃晃的,像银,像雪。

平措操起立在墙边的一把扫帚,他准备干点儿活,让身体暖和起来，他能想到抗冻的方式只有这个了。

扫帚很大，是用细竹枝扎成的，立起来比平措还要高出一截。平时，只有仁登师父才使得动它。当然，仁登师父是不常使它的，因为小家伙们每天都用小扫把把院子收拾干净。

大扫帚很粗，平措的小手总有握不住的意思，握不紧，就有些使不上劲儿，扫帚几次都从他的手里溜掉。平措不放弃。好几天没有好好地吃饭了，平常还好，但这会儿用了些力气，又加上冷，平措整个身体都在发飘，但平措仍然握紧大扫帚，喘着粗气，使出浑身的劲儿扫地。

"哗——哗——哗——"

平措想象着地上有厚厚的积雪，他想象着自己扫的不是尘土，而是积雪，平措使出全身的力气。

仁登师父被院子里传来的"哗——哗——哗——"声惊醒，披衣起身开门一看，居然是平措那头倔强的"小牦牛"在扫院子，这半夜三更的。这傻孩子啊！

仁登师父站在自己僧舍门外的柱子下，看着这头不听劝的小犟牛。

从东到西，整个院子几乎被平措扫了一遍，平措终于觉得身上暖和起来，他放下大扫把，回到房间里。

可是天才麻麻亮，平措又起床了。"扑踏扑踏"，他竟然绕着煨桑台，慢跑起来。

7

"平措，如果你再不好好地吃些东西，估计你得生病了。"仁登师父把平措那只漂亮的小木碗放到平措的跟前，碗里装了刚刚捏好的糌粑。碗旁边还有一杯牛奶、一只苹果。

"平措，吃吧，仁登师父在糌粑里加了最好的曲拉和糖。"多吉也在小声地劝平措。

平措丝毫也没有被碗里香喷喷的糌粑引诱，依然拒绝吃东西。

突然，仁登师父的手机响了。仁登师父接通电话，是活佛打来的。

活佛问平措开始好好地吃饭了没，仁登师父说还没有。接着仁登师父就把电话给了平措，活佛在电话里说，让平措好好地吃饭，多穿点儿衣服，不要生病。等他这里的活动结束了，就会去玉树，会找机会帮他打听他阿爸的消息。

"平措，你听到活佛的话了吗？看在活佛的面子上，吃点儿东西吧。"仁登师父把一块糌粑递到平措的嘴边，这边多吉也懂事地把牛奶递过去。

平措舔了舔干裂的嘴唇，接过糌粑。慢慢地吃完一块，又喝了半碗牛奶，便不再吃了。

仁登师父舒了一口气。

## 8

平措会准时出现在饭桌上了，但吃得极少。

"平措，真的，只吃这么一点点儿？"仁登师父看着平措的饭碗里那一点点儿米饭，希望能够劝他多吃一点儿。

"嗯。"平措肯定地回答。

好吧，总比前两天一点儿也不吃的强。仁登师父不再说话，往平措的碗里夹了一筷子菜，饭少点儿，菜多点儿吧。

多一筷子菜，平措没有拒绝，乖乖地吃完。

"平措、多吉，你俩跟我一起出一趟门吧！"吃过午饭，仁登师父跟俩小家伙说。

"去哪儿？"多吉问。

"去桑丁的商店里。"仁登师父笑着说。

仁登师父和平措、多吉掀起厚门帘进屋的时候，桑丁大叔依然坐在他的那张专座上，见到仁登师父，桑丁大叔忙合起双手起身行礼。对于噶陀寺里的这位大和尚，村子里每一个人都是很敬重的，他难得出寺，更难得出现在这个杂乱的小店里。

"哎呀呀，仁登师父吉祥如意，哪阵香风把您吹到我家啦！快快请坐。"桑丁大叔从柜台里出来，一边问候仁登师父，一边把南墙边的两只藏式小沙发腾出空来，让客人坐下。

仁登师父在屋子南边的藏式小沙发上坐下，脸冲着有电视的那面墙。

电视上恰好就是《雪灾现场》，刚刚开始。

"不必客气，桑丁，我就是来看看电视的。"仁登师父抬手指指墙上的电视。

"好的，好的。"桑丁把电视机两旁挡住仁登师父视线的那些女式帽子和围巾取下来放到一边，好让仁登师父看得更清楚一点儿。

此时，电视画面上是一个牧民背着一个双腿受伤的男人在雪地里深一脚浅一脚艰难行走。仁登师父和平措、多吉一样专心地看着电视，原来这正是灾区杂多县的一个感人的场景。

这个被背着的人叫作藏吉才仁，前些天的一次意外导致双腿骨折，他只能在放牧点临时休养，等待天气放晴后去医院救治。随着家里的药品用完，取暖的干牛粪垛逐渐变小，路上的积雪却越来越厚。年迈的阿妈没有办法将他送出村庄，后来，藏吉才仁的情况被入户调查的村干部传到了乡上，风雪暂停的间隙，干部、村医、民兵等组成救援队直奔他家中。今天这一大早，藏吉才仁在十二个人的脊背上接力行进十五个小时才到达乡镇卫生院，重伤的腿终于保住了。

画面一会儿闪到医院，藏吉才仁已经挂上了点滴，他对着记者的话筒说："不到四十公里的路，他们背着我跌跌撞撞，一个个脸色红紫，嘴唇发青，胡子头发上都是冰……"

"看，卓玛姐姐！"平措指着拿话筒的那个女孩说。

"桑丁，这就是你的女儿卓玛？"仁登师父问桑丁大叔。

"是啊，是啊，是卓玛。"桑丁大叔语气里掩饰不住骄傲。

"了不起的姑娘！"仁登师父真心赞叹，接着又忧心忡忡地说，"灾区现在这个情形，什么时候能好转呢！"

"仁登师父，这已经好很多了，大批的草料和食物、御寒物品都送到灾区了呢！而且还有很多在送去的路上呢！"

"佛祖保佑！"仁登师父拨着念珠。

"小平措，你就不要再担心啦！"桑丁大叔看了看站在一旁的平措说。

"桑丁大叔，您、您在电视又见到平措的阿爸了吗？"多吉知道平措想问，但又不开口，所以替平措小心地问桑丁大叔。

"没有，没有再见平措的阿爸，不过，那天你都看到了，电视台人的都到那里了，已经为那里受困的人送了食物和被褥，放心吧，而且，那里的雪已经停了好几天，这会儿，他们大概早就离开那里了吧！"

"是真的吗？桑丁大叔！"平措听桑丁大叔这样说，心情放松了些。

"是真的，小平措，见你这几天没来看电视，我还以为你出什么事了呢！"

平措不说话，只是不好意思地笑笑。

《雪灾现场》节目此时结束，仁登师父站起身来，说："倒没有出什么大事，只是，我们的小平措啊，让家乡的雪下到了这里呢！"

仁登师父的话让平措更不好意思了，可桑丁大叔却完全没有听懂仁登师父的话，一脸的不解。

回来的路上，仁登师父跟平措说："平措，现在你放心了吧，可以好好吃饭、好好地穿衣服了吧？"

"师父，您没有看到吗？雪还在下，而且雪花那么大片，什么时候停下来，还不知道呢！"平措说得依然那么忧伤，"雪不停下来，就会有更多的人和牛羊受苦，穿不暖，吃不饱。还有啊，家里养的这些牛羊还有人救助，可山里的那些野生的动物怎么办？羚羊、鹿，还有更小一些的，狐狸、野兔更可怜，大概已经有很多都被冻死了呢，卓玛姐姐她们的摄像机都拍不到的。"

仁登师父轻轻地摸摸平措的头，心里有点儿暖，有点儿酸，有点儿心疼。这小小的娃娃，这牦牛一样倔强的孩子，居然有颗这样柔软慈悲的心，他担心的哪里只是他的阿爸啊，他的心装得可多了，可远了。

9

过年了。

虽然寺院里只有他们三个人，但仁登师父还是打算认真地过这个年。

除夕之前，村子里的几位信众主动来到寺院，帮着仁登师父和平措、多吉一起把整个寺院里里外外都打扫干净，给菩萨献了酥油、哈达等物，还有的送来水果、从市区里买的精美的糕点，奇美婶婶还给小喇嘛多吉和平措做了新衣服。

除夕，仁登师父煮了肉，还用九样食材，精心地煮了传统的新年美食"古突"，但是平措却一口也不吃，他匍匐在释迦牟尼的金像前。

"慈悲的佛祖啊，请让家乡的雪停下吧！"

平措多么希望把这里的阳光送到家乡去，照到阿爸身上，照到那些可怜的牧民身上，照到那些寒冷的牛羊身上，照到那些白雪覆盖的高山和沟壑上。

这是平措的新年祈祷。

听到平措的祈祷，仁登师父把双手掌虔诚地合在额前，默默地说："千里之外的雪，请下到这里来吧。"

# 回到十万个祝福的世界

明 江

评论

　　明江，资深编辑、记者，现任《文艺报》副刊部主任，其责编理论文章曾获鲁迅文学奖，新闻作品曾获中国产业经济好新闻奖，先后有七篇报道获得国家民委民族题材好新闻奖、策划的九个专题专栏获民族题材优秀专题专栏，曾获得"中国作家出版集团优秀编辑"称号等。

"我好想好想收到那颗小石头的礼物。"

"为什么?"

"因为那里面有十万个祝福。"

九岁的孩子读完青海作家唐明的小说《德吉的种子》,深深沉浸在"小阿卡"(小喇嘛)和藏族孩子喜怒哀乐的故事中,最为心心念念的是那颗浓缩了十万个祝福的小石头。

是啊,我也渴望拥有那颗小石头。小小的石头如孩子透明的心,真诚,质朴,让人心疼。

可以说,这是一部有着心灵净化和疗愈意义的小说,是一本适合亲子共同阅读的书。从某种意义上来讲,这部小说的净化作用更指向成年人、指向快节奏下的现代都市。充盈在字里行间的平静、真诚与温暖，在童真越来越少、教育功利心越来越重的当下，弥足珍贵。

《德吉的种子》讲述的九个小故事，主角都是青海藏区的小"阿卡"和牧区孩子。虽然故事大部分是在宏大的宗教背景——寺院里展开，却没有任何玄虚的高深词汇，没有猎奇的他者眼光，而是在一点一滴的人间烟火中讲述孩子们平凡的小小心愿：尼玛文森要完成一幅画、曲吉多吉想送上一份独特的礼物、德吉渴望喜爱的芒果种子能发芽、嘎玛巴桑想送给曲珍阿姨一朵郁金香、坚措想要保护金子湖里的天鹅和鸟类……

优秀的文本通常深含着多层意蕴，在作者静水流深的文字背后，满溢哲思与内蕴，仿佛在回答这个时代的提问：人类的童心是什么？教育的初心是什么？生活的本质是什么？

当现实中的大部分孩子和家长都在为作业升学困扰烦心，《窗边的小豆豆》里的巴学园不过是梦想中的地方，然而，这里却仿佛现实版的巴学园，允许每个孩子，如他所是——

尼玛文森是玉树地震中被救回来的孤儿，平时显得并不那么聪明，他不想学画画时，仁登师父只是慈爱地叹气："唉，这小可怜，该怎么办呢？"当他自己打算开始画画，活佛与他的对话是这样的："听说你在画画？""嗯。""画成了吗？""没有。""如果很难，可以不画。""我可以画好。""那就再继续努力。佛祖保佑你。"

因为做了一个神奇的梦，益西加措上课时走神，仁登师父说："今天似乎有点儿心不在焉啊。如果不想坐在教室，就去井边打一桶水来，把小经堂的门窗擦干净吧！"

德吉想种出芒果，轮番试验浇水、曝晒、唱歌大法；才仁图登为了遵守诺言买画，想了各种办法赚钱，卖废品、涂玛尼石、摘枸杞……虽然各种折腾也未必完全如愿，他们却自由地拥有了生命中一段重要的体验。

自由、平等、尊重，是这部作品的深层底色。

当人们尊重孩子本身的节奏，允许孩子按照自己的想法去体验去行动时，生命的内驱力便开始滋生；当孩子全心全意地想去表达和创造时，真正的内在力量便产生了，如尼玛文森最后自己画出的画。这样的静待花开，在当下的焦虑时代，往往是不被允许的。哪怕是人们急切地读了一本又一本的《教育学》《心理学》，时代也很难真正尊重孩子生长的节奏。

而我们回头看看，这些自由生长的孩子有多么可爱呢？

瘦小而腼腆的曲吉多吉要在藏历火鸡新年送常来看望他们的乔帆阿姨一份特殊的礼物，他准备为乔帆阿姨念十万遍六字真言，让一块装满自己祝福的小石头，为她免去一切苦难。制作了"计数器"的吉多从开始第一遍念诵就不再停下，穿衣、走路、打扫、工作、休息甚至生病时，他都在默默地念诵经文……当他最后追着汽车递上那块毫不起眼的小石头时，并没有说出石头里饱含的祝福，因为真正的祝福不需要说出口。故事的结尾让人泪目："乔帆坐的车子很快消失在风中。'ཨོཾ་མ་ཎི་པདྨེ་ཧཱུྃ།'仍伫立在风中的曲吉多吉又念了一遍六字真言，这是第十万零一遍。"

嘎玛巴桑去了一趟又一趟公园，却拒绝园丁为他剪下盛开的郁金香，等着他认为的这世上最美的花儿失去了颜色和生机，才捧着一大束半枯萎的郁金香送给了曲珍婶婶。孩子珍惜生命的心灵，不就是这世上最美的花吗？

从未走出过雪山的八岁藏族男孩更嘎一个人在家，看到河对岸被困住的长长车队渴望又好奇，人群里传来小娃娃的哭声，他终于想出来用"乌朵"抛给河对岸一瓶热乎乎的奶和一顶暖和的帽子。

平措从电视看到阿爸在杂多牧区因雪灾被困而拒绝吃饭，"我不能让我阿爸一个人受苦，我得陪着他"。而他虔诚的新年祈祷是想把阳光送给受灾的家乡。这是孩子的爱与担当。

如此善良天真的孩子，怎会不深深打动读者的心。而诸多感人至深的细节，融化在唯美讲究的情景描写中，让读者仿佛身临其境置身高原："月亮像一只银盘，高高地挂在天空。大经殿高大阔朗的楼顶像是被镀了一层藏银，安静而明亮。""雪花像一只只玉蝶漫天飞舞，清澈的河水在原野上悠然地流淌，河对岸那条世界上海拔最高的孤单公路，依然那样忙碌。"

高明的小说作者并不是创造了一个世界，而是用精心的语言呈现出一个世界。从艺术形式上来讲，用心打磨的规范语言是儿童小说作家必须具备的良心。

从思想内容来看，儿童文学和各种探索儿童真实心灵世界的学科，比如儿童心理学和儿童教育学，都是相通互融的。优秀的创作就是不断理解真正的儿童心理并还原人类童年世界的过程。虽然并非所有儿童文学作品都在表达儿童的内心，但是优秀的儿童文学作品，它与儿童心灵的距离无疑是更接近的。

当下的儿童小说，多为都市、校园题材，侧重时代感与社会性，而乡村小说、民族题材小说，有着城市儿童比较陌生的文化风俗、生命状态和成长历程，在心灵探索方面具有独特的题材优势。《德吉的种子》以藏族儿童、牧区儿童为观照对象，以古老的文化传统为底色，更加贴近儿童原初的纯真天性。然而，相对于将其归类为民族儿童小说，我更愿意把它只看成一本小说。民族文学经过七十年的发展道路，在走过否定之否定的创作路程后，异域风情文化已经从最初的主体表现对象变成一种民族精神的特质背景或底色。《德吉的种子》也是一样，在高原的地理风情和藏民族的文化背景下，是作者精心修炼的文字功底，优秀的情感掌控力、文化理解力和深厚的哲思理念，使作品独具特色与意蕴。与此同时，这又绝不是一部脱离现实的儿童小说，恰恰从此作品我们不仅可以看到小"阿卡"的生活，也可以感受玉树地震的灾后重建现状、牧区的生态移民情况，看到高原牧区孩子当下生活学习的烦恼欢乐。可以说，这是一部有时代感现实性的探索儿童心灵的小说。非要说还有什么可以进一步提高的空间，那么作为童书，可以适当加快某些情节的节奏。

如果说，成人文学要面对的是复杂的人性、悲欢的命运和艰难的人生，那么儿童文学里洁净如钻石的清澈眼睛，则是人类重新审视复杂人性回归本心的机会。

这群高原孩子的坦然、率真、淳朴、真诚与担当，如同一面镜子，映射出我们日常复杂生活中的种种心思、计较、虚假和脆弱。借孩子的眼睛和心灵，借高原的风和洁净的雪，回到人人拥有十万个祝福的世界，是异常珍贵的体验，这样的文字，应该被更多读者看到。

阅读这些故事的时候正值初春，因为疫情学校尚未复课，亲子矛盾已是网络世界心照不宣的笑料。如何与"神兽"和平共处，如何真正理解、陪伴、信任孩子，回到为人父母的初心、教育的初心，如何抵抗来自未知的焦虑，也是成人世界的一场修行。

合上书，耳边回响着高原孩子透亮欢快的笑声，这辽阔的高山、牧场与天空，都在提醒着我们，回到初心，不忘来路。